颐和园

传奇文物书系

窦忠如 著

北京出版集团
北京出版社

图书在版编目（CIP）数据

颐和园传奇 / 窦忠如著. — 北京 ：北京出版社，
2024.5
　（中华传奇文物书系）
　ISBN 978-7-200-18289-7

　Ⅰ．①颐… Ⅱ．①窦… Ⅲ．①纪实文学 — 作品集 — 中
国 — 当代 Ⅳ．①I25

中国国家版本馆CIP数据核字(2023)第187811号

中华传奇文物书系
颐和园传奇
YIHE YUAN CHUANQI

窦忠如　著
*
北 京 出 版 集 团
北 京 出 版 社 出版
（北京北三环中路6号）
邮政编码：100120

网　　　　址：www.bph.com.cn
北 京 出 版 集 团 总 发 行
新 华 书 店 经 销
北 京 华 联 印 刷 有 限 公 司 印 刷
*
170毫米×240毫米　14.25印张　210千字
2024年5月第1版　2024年5月第1次印刷
ISBN 978-7-200-18289-7
定价：68.00元
如有印装质量问题，由本社负责调换
质量监督电话：010-58572393

目录
contents

迟来的世界桂冠

堪称世界上保存最完整的皇家园林博物馆——颐和园——被列入《世界遗产名录》，是1998年的事。虽然这顶世界桂冠姗姗来迟，让人们感受到一丝委屈和遗憾，但它最终还是闪耀出了璀璨的光芒；虽然这颗园林明珠曾经遭受过不止一次的战火摧残，有过那么多的幽怨和屈辱，但它还是以精湛的造园艺术和丰富的文物收藏折服了世人。

◎ 新华社的一则通稿

北京时间1998年12月2日11时20分，也就是日本东京时间当日的12时20分，联合国教科文组织第二十二届世界遗产委员会在日本京都举行。在这次会议上，中国的皇家园林颐和园和皇家祭坛天坛申报世界文化遗产成功。

新华社这则新闻通稿传来时，颐和园激动了，中国也激动了。虽然这个喜讯是理所当然的，可它实在是让颐和园等得太久了，所以许多人都不由得喜极而泣。于是，颐和园内张灯结彩，举园欢庆，巨幅标语横挂在东、北两处宫门上，园内每一个单体建筑的门前都悬挂上了鲜艳的大红灯笼，喜庆的气氛绝对不是一般节日所能比拟的，因为这是颐和园的"春节"，百余年才轮到一次的"春节"。为了过好这个节日，颐和园利用广播和闭路电视等宣传设施循环滚动播出这一喜讯，与游人共同分享这一激动人心的欢乐时刻。不过，颐和园人在欢庆的同时，也深深明白自己肩上的责任，因

颐和园昆明湖、十七孔桥、南湖岛和万寿山

颐和园主要包括万寿山、昆明湖及湖中岛屿两大部分，是汲取江南园林的设计手法而建成的一座大型山水园林，也是保存最完整的一座皇家行宫御苑，于北京时间1998年12月2日被列入《世界遗产名录》。

为颐和园从此就不再单单属于中国了，而是属于世界，属于全人类，也就是说已经和世界接轨，今后一切行动也将是世界级标准了。当然，颐和园人不会忘记为了这一天所付出的努力，因为其中不仅有他们的血汗，还有中国政府和千千万万北京市民的期望和努力。

是的，作为中国最后一座皇家园林，颐和园虽然由于距今时间较近而使它得以完整保存，但确实离不开中国政府和民间的有效保护。早在新中国成立后，颐和园就成为首批全国重点文物保护单位，北京市还成立了颐和园管理处，专门负责园林的管理和文物保护工作。

在园林管理上，颐和园采用分级保护管理制度，即围墙以内为核心保护区域；围墙以外限定地域作为缓冲区，属于二级保护范围，只允许进行绿化和修筑消防通道，不得任意改建原有建筑；三级保护范围，即是景观视野范围的建设控制地带。在确定三级保护区的基础上，颐和园着重完善核心区内的文物保护、环境治理、科学管理、公共教育等规章制度。如在对现有古建筑、文物和有两百年以上树龄古树的保护方面，颐和园人在为它们全部建立档案的基础上，还按照专家的科学论证，有计划地进行逐年养护。而在容易毁坏遗产完整性的三级保护区内，颐和园严格遵守北京市政府关于颐和园地区建设工程的有关规定，在建设内容、布局和规模上都要求科学合理，对于建筑的体量、高度、材料、色彩和环境等方面，也同样有着具体而明确的规定。颐和园主体万寿山和昆明湖，更是保护的重点，不仅严禁挖山取土和掩埋垃圾，着力修建山体的护坡和排水系统，以防止水土流失，保持山体完整，还定期疏浚昆明湖水系，但绝对不能改变原有水流的走向和湖泊的形状，包括昆明湖原有的湖岸线。特别是为了顺应时代潮流和世人要求，当然也是为了迎接世界遗产委员会的考察，颐和园人在20世纪末终于完成了两百多年来颐和园历史上的第一次清淤工程——昆明湖清淤。

颐和园，最初是在乾隆时期清漪园基础上改建而成。"清漪"这两个字，有人把它解释为"清澈的湖水泛起一道道美丽的涟漪"。不过，美丽的昆明湖经历两百多年的积淀，到20世纪80年代已是湖岸严重坍塌毁坏，数十万立方米的淤泥沉积在昆明湖底，使龙舟游船难以自由地游弋行驶。昆明湖水，作为颐和园这颗园林明珠的灵魂，往日的碧波涟漪已经变得淤浅而浑浊，那璀璨的光芒正在逐渐消失。对此，颐和园人的焦灼是可以想象的，他们不忍也不愿让游人看到昆明湖的污浊，因为那会令昆明湖和他们自己汗颜。

其实，昆明湖清淤不是现代人们才有的设想，早在清朝末年就有人提出过，中华人民共和国成立后也多次被提上议事日程。特别是毛泽东在听取要清

清朝末年的昆明湖和万寿山

此照片由德国驻华公使穆默拍摄于1900年，万寿山上的树木稀稀落落，昆明湖边芦苇丛生，湖岸坍塌

除中南海淤泥的工作汇报后，当即指示说："还是把昆明湖清一清吧！"但是，不知是什么原因，昆明湖清淤工程一直没能开工。也许是中华人民共和国成立之初百废待兴，昆明湖清淤工程又十分浩大，所以除了进行局部小范围小规模的清淤之外，几乎没有什么大的清淤动作，昆明湖依然沉浸在黯然之中。时间进入1990年11月份，被专家学者们誉为"功德无量"的昆明湖清淤工程提议，终于在23日这一天北京市市长办公会议上获得一致通过。在办公会议上，北京市政府发出号召，要求从"保护昆明湖就是保护文物，就是保护北京首都风貌"的高度出发，决定利用当年整个冬

季的时间，以机械清挖为主，动员社会力量进行义务劳动为辅，一次性彻底完成对昆明湖的清淤治理工程。

昆明湖清淤消息传来，颐和园人激动异常，北京市民们也热烈地响应这一号召，并以"爱祖国、爱北京、爱文物、爱颐和园，彻底清除昆明湖240年淤泥"为号召，纷纷要求参加这一世纪工程。于是，成千上万的学生、机关干部、企事业单位职工、解放军指战员和武警官兵，以及许许多多个体劳动者都会聚到颐和园里来。当时正值隆冬季节，昆明湖的冰层厚度达十几厘米，且时常有六七级凌厉的寒风肆虐，所以清淤工程中最艰难的就是清除

1991年昆明湖清淤场景

1991年昆明湖清淤时，在石舫以南、幽风桥以东大片区域内发现辽、金时代的文化遗存，似为一处聚落和墓葬遗迹。

冰层，只有把厚厚的冰层彻底清除掉，使湖底淤泥土层暴露出来冻实后，才能用机械进行大面积施工。于是，抢锹挥镐的冰屑飞溅，装筐背抬的健步如飞，在颐和园昆明湖湖面上呈现出一幅战天斗地的劳动场景。义不容辞的颐和园人，更是冲在昆明湖清淤工程最前沿，他们与严寒、风沙、坚冰、泥水展开搏斗，没有人袖手旁观，没有人嫌脏怕累，跌倒了的爬起来，扭伤了的等稍好些又来到工地。

在整个清淤工程中，解放军和武警部队的官兵始终是突击队，哪里工程最艰巨哪里就有他们出现。排除抗日战争时期日军投到昆明湖里的炸弹，无疑是最艰巨最危险的工作。为此，中国人民解放军工程兵部队来到颐和园，来到昆明湖清淤现场。经过工程兵部队排弹官兵几天艰苦细致的排查工作，把弹区基本确定在知春亭到南湖岛一带。目标确定，解放军工程兵经过科学、有序而又紧张的工作，将205枚各式炸弹、炮弹和燃烧弹彻底清除干净，并运往郊外专业爆破现场进行了销毁。据一位爆破专家说，昆明湖里清理出来的弹药，许多都还能够引爆，其爆炸威力相当于三颗"飞毛腿"导弹的能量。

另一支不可忽视的清淤生力军，是北京各大专院校的学生们，他们把参加昆明湖清淤当作是一份寒假作业，并自豪地说："这是最好的社会实践。"在昆明湖清淤的队伍里，还有许多过路人，他们每次下班经过工地都受到感染，不由自主地拿起工具投入战斗。还有一位日本记者到工地采访时，被热火朝天的劳动场面所感动，也立即参加到劳动队伍中来。据不完全统计，在20余天的昆明湖清淤工程中，125万平方米湖面上参加义务劳动者竟有18万人之多。后来，据北京市昆明湖清淤指挥部统计，这一工程共清除淤泥65.26万立方米，清淤平均深度为57厘米，整修湖岸长度达5700米。

不过，人们在记住清淤大军无私奉献的同时，也不会忘记那些妄想趁机图谋财宝的人。记得有关部门曾当作笑话说，有人从外地给他们写信声称：他们家曾于某年某月，因什么原因把多少什么金银财宝首饰丢失在昆明湖的某个位置，如发现此物希望能够还给他们，等等。然而，遗憾的是整个清淤过程，完全是用机械进行施工的，而且还选择了效率最高的每铲1.5吨的挖掘机，即便真有什么金银财宝也被装卸车运走了。后来，听说在那几处堆放淤泥的地方，每天还真能见到一些人在翻找着什么东西，是否捡到了宝贝，就不可知了。

1991年3月10日上午，昆明湖清淤工程胜利竣工，验收大会如期在颐和园北水闸隆重举行。当时，见证这一历史时刻的，有政府官员、机关工作者、普通市民和颐和园人，还有许多关注颐和园的著名专家和学者。那天，随着85岁高龄的中国著

挖掘机装载湖底淤泥

昆明湖清淤时，在石舫南约300米的湖底发现金代文化层，有不少金代瓷片、陶片和动物骨头等遗物

颐和园和玉泉山

北京的西山峰峦连绵，余脉在香山的部位兜转而东，好像屏障拱列于一个小平原的西、北面。其核心地带，两座小山岗平地突起，这就是玉泉山和万寿山。附近泉水丰沛，湖泊罗布，远山近水彼此烘托映衬，形成有如江南的优美自然景观。

名文物专家单士元老先生按动电钮，喷涌而出的泉水奔流进昆明湖里，蒙尘多年的昆明湖终于恢复了清澈和明净。

昆明湖重新绽放出昔日神采，但要想保持这种神采的长久性，还任重道远。于是，颐和园人加强对颐和园的科学研究，完善有关专题的研究机构，深化对颐和园价值的认识程度，并建立了科学的管理保护中心，把园林管理、文物保护、古建维修等工作纳入计算机网络系统，对水源、大气等设置专人进行定期检测。同时，不断加大投入巩固昆明湖清淤和万寿山绿化治理的成果，以获得生态环境的可持续发展，使园林管理工作逐步走向现代化。

经过各方共同努力，中国政府终于在1997年6月向联合国教科文组织提出申请，要求把北京颐和园和天坛列入《世界遗产名录》。为此，北京市委、市政府专门成立了以时任北京市市长贾庆林为名誉主任、林文漪和刘敬民两位时任副市长为主任的申报委员会。在中国国家建设部、中国国家文物局和中国联合国教科文组织全国委员会的直接指导下，由北京市园林局与文物局密切配合主抓，以及政府其他机构和学者专家们通力协作，仅用不到两个月时间就拿出了高水平、高质量的申报文本和各种附属材料。当然，在此之前北京市政府还按照《世界遗产公约》《威尼斯宪章》《佛罗伦萨宪章》中对历史园林的要求，投巨资对两处园林的周边环境进行了彻底整治，拆迁了一些有碍遗产完整性的违章建筑，并进一步充实了两处园林内文化文物的展览内容。

中国有句古话叫作：预则立，不预则废。中国政府这番努力显然是"预"，否则何来新华社那则通稿中的"立"呢？

◎ 联合国官员的惊叹

其实，颐和园和天坛当时申报世界文化遗产的准备工作并不尽如人意，与世界遗产标准还存在一定的差距，特别是一些"硬件"设施，如环境整治之类的，确实是颐和园和天坛的弱项，也是中国其他世界遗产地的通病。关于这一点，从中国联合国教科文组织全国委员会呈报给中国国家文物局关于《世界遗产委员会主席团对颐和园、天坛审议意见》中可以隐隐约约地感觉到。这份标注"〔98〕教科全字16号"的审议意见全文如下：

世界遗产委员会主席团对颐和园、天坛审议意见

国家文物局：

联合国教科文组织世界遗产委员会主席团第二十二届会议（巴黎，1998年6月22—27日）对我国政府去年提名列入《世界遗产名录》的北京颐和园和天坛进行了初步审议。近日，教科文组织世界遗产中心主任来函，转达了世界遗产委员会主席团会议的审议意见，并请我按主席团要求于今年10月1日前提供有关资料。现将对方来函和世界遗产委员会主席团会议审议意见转去，请研处。

从主席团会议审议意见看，国际古迹遗址理事会来华考察专家的意见和建议起了主导作用。因此，建议今后在评估考察结束时，主管部门安排一次我方行政和专业人员与国际专家的座谈，特别注意听取专家对我保护管理方面的批评意见和改进建议，与其深入探讨解决办法，并按对方要求及时提供有关情况和资料，尽可能避免再出现被动局面，使我遗产申报能够顺利成功，以上建议供参考。

中国联合国教科文组织全国委员会

一九九八年七月七日

谦虚的中国人、谦虚的颐和园人和天坛人，面对世界遗产委员会主席团反馈的意见和建议，及时按照有关要求，立即对两处遗产地进行彻底整治，从而迎来了申报成功的喜讯。

当然，喜讯最终还是来自两处园林的实力，否则也不会在联合国教科文组织委派官员来考察时赢得他们的惊叹。1998年2月10日，以国际古迹遗址理事会主席席尔瓦博士为首的世界遗产专家们来到中国，开始对颐和园和天坛进行实地考察。对于这样的考察评估，中国政府有着丰富的经验，因为自1985年中国加入《保护世界文化与自然遗产公约》以来每年都有项目入选《世界遗产名录》。出生在斯里兰卡的罗兰·席尔瓦博士，是研究世界古迹遗址方面的权威，工作作风严谨而苛刻，但在两天半的考察过程中，席尔瓦博士感觉"每一分钟都是美的享受"，时刻都处在一种美妙的氛围当中。在皇家园林颐和园里，席尔瓦博士高兴地说："我确实感到颐和园达到了诗的最高境界和美的最高境界……我很高兴地看到颐和园内大量的国家级珍贵文物得到了中国人民长期的良好保护，如果下次还有机会再来中国，我将作为一个人类文化遗产的朝圣者来朝拜颐和园。"最后，他还说："我想代表国际古迹遗址理事会表示，在过去这么长的年代里，我们一直期待找回世界园林皇冠上丢失多年的两块宝石，这就是天坛和颐和园。"从事国际古迹遗址研究近半个世纪的席尔瓦博士，不是一个轻易会激动或表态的人，因为他见识过的世界古迹数量实在是常人所无法比拟和想象的，但席尔瓦博士看到中国的颐和园却激动了。

当然，他的话无疑给了中国政府一个明确的暗示，而这个暗示又毫无疑问地来自颐和园所蕴含的深厚文化底蕴带给他的震撼。终于，席尔瓦博士的话在日本京都第二十二届世界遗产全委会上得到证实。

罗兰·席尔瓦

斯里兰卡人，国际古迹遗址理事会名誉主席，1990—1999年当选为国际古迹遗址理事会第9、10、11届主席

其实，对于颐和园，许多外国人早就有生动的文字描述，如法国人格罗西曾经对颐和园内那条"买卖街"有过这样的记述：

宫苑的另一部，有一城，以其周围，名播远方。上有墙垣、城垛、庙宇、法庭和公众集会之所，市场、街道、店铺、商号、旅馆、码头、船舶以及其他一切等，都具备大城市之规模，仅无居民而已。但清帝御口甫启，宫监及时更换服饰，化装为士兵、法官、商人、驿卒以及各种手艺工人。清帝亲临此城，市场里已充满食品货物，店铺中各种商品，充实丰裕，商号皆门庭敞露，陈列之商品，皆极灿烂富丽。须臾间，全城市声喧阗，熙熙攘攘，街道之中，人众摩肩接踵，呈热闹情景。人皆忙于从事此往彼来，络绎不绝，各种货物叫卖声，音调不谐，震人耳鼓。或买或卖，亦有运输货物者；此外，卖技者，说书者，集聚闹荡之旁观者。彼方，一贼正施剪绺之技，当时擒获，由官吏监察送往监狱。稍远之处，鼓乐声扬，结婚之仪仗，或则丧葬之执事，皆吸引好奇者之眼光。总之，种种情景，表现一热闹喧阗之城市，于此假城中，皆一一演来，颇能像真也。清帝御驾亲临，全朝文武官员，随侍于后，步入商店，购买巨量之货物，分赐后妃，及随从人等珠宝、瓷器及贵重之绸缎。

当然，如果按照格罗西描述的景象来想象颐和园，那绝对不是幽雅的皇家园林，而是热闹的庙会场景。不过，格罗西的描述并不是空穴来风，因为慈禧太后确实曾经在颐和园里搞过那样的活动。而从所有记载慈禧太后活动的文字中可见，她绝对不是一个爱幽静的文雅人，她对于热闹有着一种与生俱来的喜爱。

不过，慈禧太后在颐和园里制造的喧闹，并不能降低或抹杀颐和园在世界园林史上所拥有的独特理念和艺术成就，它是中国园林利用自然、本于自

然、高于自然而又集自然和人文于一体的成功范
例。这也是颐和园享誉世界的根由。譬如，我们
以颐和园主体万寿山和昆明湖的来历与设计作例
证，来剖析园林中自然与人文的关系。经过亿万
年地壳演变而成的万寿山，原先的形状是极不规
则的，后来乾隆皇帝挖湖堆山使其坡势平缓，形
成了造园的最佳地理环境。今天我们回过头来审
视万寿山山体形态的布局、平面分割的比例和垂
直方向的各种数据关系，无不感到其在自然基础
上精心设计加工的巧妙。而3500年前就已经存在
的昆明湖，经过元代大科学家郭守敬的设计改造，

慈禧在颐和园排云门前

此照片拍摄于光
绪三十一年（1905年）
颐和园排云门前，慈
禧太后和她的随从合
影，从左至右：隆裕皇
后、俊寿、德龄公主、
慈禧、太监崔玉贵、
四格格、百合、元大
奶奶、路易莎·皮尔
森、容龄。

万寿山后山

　　万寿山为燕山余脉，前临昆明湖，是颐和园的构成主体之一。其后山有壮观的佛教建筑四大部洲和华丽的多宝琉璃塔以及各式楼台亭阁，堪称中国古典园林建筑之集中展现。

曾经是北京市的供水总库，且至今还发挥着巨大作用。不过，那时不是为了造园而设计，于是乾隆皇帝在满足其实用功能之外又按照建园与造景要求，进行了科学而精心的平面构图设计，特别是在湖中堆设湖心岛，堪称中国造园的绝妙之笔。如果把万寿山与昆明湖的设计进行通盘考虑，又不难发现那种人文与自然的协调，简直是绝妙无比。更为绝妙的是，颐和园的构思、设计、规划、施工一气呵成，绝对不属于那种几代人不断扩建、增建而成的集锦式园林。最精妙绝伦的是，在颐和园的景象设计中，敢于把数十华里

外的西山群峰纳入整个园林画面的手法，表现出其独一无二的雄伟气魄和绝无仅有的巧妙构思。仅凭这一点，颐和园引起世界的惊叹就已在情理之中了。

《世界通史》中有一段关于中国园林的文字叙述，它似乎更直接地道出了中国园林让世界惊叹的理由：

中国的建筑和园林，很早就引起了西方国家的美慕。1867年来华的天主教传教士李明描述北京的宫殿说："庄严的大柱支持着门廊，白色大理石台阶通向内殿，还有鎏金的屋顶和彩画雕刻，地面是用大理石或瓷砖铺成的。更主要的是宫里那样众多而不同的建筑物，炫人眼目，至为壮观。"他赞扬中国工匠的独到智慧说："园中布置的幽雅山洞和丘壑，岩山重叠，无不取法自然。"1747年天主教传教士王致诚寄回法国的信里描述圆明园说："这里的一切都伟大而美丽，设计和施工无不如此。我真感到惊奇，因为我从未看见任何可以与之比拟的……中国建筑的形式多样和变化无穷，使我钦佩他们丰富的才能。我确实相信，相形之下我们太贫乏、太没有生气了！"

欧洲第一座中国式塔于1762年在伦敦西南部的邱园（现为英国皇家植物园）建成。这座八角形的砖塔共10层，高约50米，由英国宫廷建筑师威廉·钱柏斯设计。钱柏斯在1742至1744年间曾到过广州。他参观了当地岭南风格的园林和建筑，并将一些庙宇和宝塔用素描的形式准确地记录下来，回国后出版专著予以介绍。此塔是当时欧洲仿建得最准确的中国式建筑，塔身装饰彩色琉璃，五彩缤纷，曾在欧洲轰动一时，成为其后许多地方中国式塔的模仿对象。

面对颐和园，实在不需要用什么溢美之词，因为它本身就是美的化身；面对颐和园，也不必有什么诗的感叹，因为它本身就是对诗的最佳诠释。走

英国伦敦邱园的中国塔

钱柏斯亲自到过中国，撰写了大量描述中国建筑的著作。他唯一存世的作品是伦敦郊外邱园的中国塔，被普遍认为是18世纪欧洲留存下来的最接近中国建筑的实例。

进美与诗的境界，人们的心灵得到净化，人生理念得到升华，这就是颐和园的品性。

◎ 三条评语再解析

引起世界惊叹的颐和园，确实有着不同寻常之处，而细细琢磨又一时难以用语言准确地表述出来。这种漫长的思考和等待答案的难捱，直到1998年世界遗产委员会主席团给颐和园戴上那顶辉煌的王冠，才终于得到缓解。在参照联合国教科文组织给予颐和园的那几句语言简单而内涵深邃的评价后，似乎一下子就解开了郁结在胸多年的这种纠缠。如此，还是来看看那几句评语所蕴含的底蕴吧。

联合国教科文组织世界遗产委员会把颐和园列入《世界遗产名录》的3条理由是这样的：

1.是对中国风景园林造园艺术的一种杰出的展现，将人造景观与大自然和谐地融为一体；2.是中国的造园思想和实践的集中体现，而这种思想和实践对整个东方园林艺术文化形式的发展起了关键性作用；3.以其为代表的中国皇家园林是世界几大文明之一的有力象征。

仔细琢磨这3条评语，不仅感觉贴切，分量也很厚重。如此，我们不妨逐条来对此作详细的解释。

世界园林存在着东西方的差异，颐和园从造园艺术到实际建筑都浓重地体现出东方园林的特有神韵。首先是中国传统哲理阴阳虚实的对比关系，通过山水对比的布局，达到了高度的和谐统一。同时，全园宫殿建筑的组合排列，遵循了儒家所强调的封建秩序，而昆明湖上3座仙岛的设置，又是道家希求长生不老思想的体现。而构筑于万寿山山顶处的宗教建筑，还彰显了祈求佛陀庇护的祈愿。这一切均倾注于充满诗情画意的湖光山色之中。以自然山水为框架的颐和园，是利用自然、人化自然的东方园林巨制杰出范例，是研究东西方园林差异的最理想的例证。

中华民族在几千年漫长的历史长河中，积淀了自己独具特色的文化底蕴。颐和园作为中国封建社会修建的最后一座皇家园林，是中国皇家园林几千年建筑艺术和造园艺术的总结。园林的设计涵盖了人类自然与人文领域里的众多科学、艺术成就，它结构完整，保存完好，其造景布局高度体现了中国宫苑建筑功能性与造园艺术的最佳统一。园林继承了中国历代艺术传统，博采各地造园

颐和园全貌

昆明湖水面阔大，烟波浩渺。3座岛屿在水中鼎足而立，寓意神话传说中的"海上三仙山"，上面分别建有涵虚堂、藻鉴堂、治镜阁等建筑。

的手法长处，兼有北方山川宏阔的气势和江南水乡婉约清丽的风韵，并蓄帝王宫室的富丽堂皇、民间宅居的精巧别致和宗教庙宇的庄严肃穆，气象万千而又与自然环境和谐协调浑然一体。其辉煌的宫殿，气派、磅礴的建筑组群，精妙的园林造景以及出神入化的精湛工艺，代表了中国皇家园林修造的最高水平。

颐和园，是从清乾隆十五年（1750年）起至宣统三年（1911年）止近两百年来清朝最高统治阶层政治活动、宫廷生活和许多重大历史事件的舞台。它从一个侧面反映了中国社会、政治、经济、文化的发展进程，是中国近代历史的缩影。园林具

有的极为丰富的历史文化内涵，又是中国近代历史
和园林、建筑、美学、宗教、人文环保等多种学科
研究的课题。

以中国传统工艺所构筑的颐和园，反映了中华
民族在建筑、环境、植物栽培和造景诸多方面的工
艺成就，至今仍具有现实意义。其造园的各种施工
技术，反映了中国古代工匠的智慧和技巧。迄今园
内许多建筑物和山体水面的处理仍然反映出高超的
创造水平，甚至存在不易重复的工艺。颐和园及其
前身清漪园的建造过程，都留有完整的施工档案
和工艺作法标准，是中国造园艺术最重要的实物

颐和园多宝琉璃塔

此照片拍摄于1860
年10月18日，英法联
军随军记者费利斯·比
托拍摄。这是清漪园花
承阁被毁前的多宝琉
璃塔。

例证。

基于以上原因，联合国教科文组织世界遗产委员会总结说：综上所述，颐和园是中国皇家园林的杰出代表，是中华民族智慧和血汗的结晶。它突出的地位和普遍价值，符合《公约》1、2、3、4项标准，列入世界文化遗产，将有益于完整地保护这座园林的民族文化传统优势，使颐和园的重要价值成为全世界的共识。

颐和园被列入了《世界遗产名录》，其重要价值也被世人所重视，但不一定就被大众所认识。那么，除了上述那几条评语外，它与中国同类文物古迹又有什么不同呢？

颐和园原名清漪园，曾于清咸丰十年（1860年）和光绪二十六年（1900年）先后两次遭受西方侵略者的破坏，由慈禧太后重新修建后改名颐和园，虽然变动了部分建筑的形式，但基本上保持了清漪园原来的格局。偌大的园林内，建筑面积有7万多平方米，在同类建筑中仅次于两朝皇宫紫禁城。这座皇家经典园林不仅建筑规模庞大，形式丰富多彩，功能多种多样，也是中国诸多园林中极为罕见的精品，是其他古建筑群所不能比拟的。这座皇家园林的珍贵之处，还在于它完全是以传统建筑结构、传统建筑材料、传统建筑设计、传统施工程序和传统施工匠作所完成的最后一座堪称是中国园林史上里程碑的巨作，也可以说是中国现代建筑兴起之前对古建筑发展史的一个总结。就像新华社新闻通稿中描述的那样：颐和园代表了中国皇家园林最高造园艺术成就，中华民族在几千年漫长的历史发展过程中积淀了自己独具特色的文化底蕴，颐和园是中国皇家园林几千年建筑艺术和造园艺术的总结。

颐和园在接待世界文化遗产专家考察时，有一个高水平的汇报提纲，汇报提纲中曾这样分析颐和园与其他同类园林的区别：皇家园林是皇家生活环境的一个重要组成部分，突出的特点是皇家的气派，表现在规划、造景、建筑、艺术等诸多方面。

与颐和园同期规划、规格相当的著名皇家园林，在北京西北郊有圆明园，承德有热河行宫（避暑山庄）。就园林对比：圆明园是在平地营造的"人工山水园"；避暑山庄是一座塞外风光的离宫；而颐和园则是一座大型天然山水园林，颐和园独具壮观的总体规划，是其他诸园不可比拟的，园林显示的皇家气派也高于其他诸座园林。就造景和建筑对比：圆明园是大园含小园，园中又有园的"集锦式"园林造景；避暑山庄利用地形把建筑物分成若干小群组，随山依水布置于优美的环境中；颐和园利用

颐和园东宫门

东宫门是颐和园的正门，五开间，明三暗二，单檐歇山顶，上覆黄色琉璃瓦，充满皇家气派。正中设三个门洞，中门叫御路门，为慈禧太后和皇帝、皇后进出专用的，两旁门洞供王公大臣出入。门檐下是光绪皇帝御笔题写的"颐和园"匾额。

万寿山佛香阁建筑群

　　万寿山南麓的中轴线上，是金黄色琉璃瓦顶的佛香阁建筑群。这组建筑，自湖岸边的云辉玉宇牌楼起，经排云门、二宫门、排云殿、德辉殿、佛香阁，至山巅智慧海（又称无梁殿），重廊复殿，层叠上升，金碧辉煌，气势磅礴。

　　大规模的自然山水修造的佛香阁中心建筑群组是皇家园林中气势最大、建筑艺术处理最突出的一组。以这组建筑为中心构成了颐和园的造景主体，不仅统管全局，还与西山、玉泉山巧妙地嵌接在一起，将京郊西北部几十千米的空间景观浓缩成为一幅壮丽的山水画卷，气魄之大，在中国园林中是极为罕见的。这种高超结构技术和丰富艺术处理手法的高度统一，充分反映了中国传统造园的杰出水平。就政治历史对比：颐和园与圆明园、避暑山庄同为清朝皇帝的"夏宫"，具有丰富的社会政治历史内涵。但它们修造的年代不同，圆明园、避暑山庄是清康乾时期（即1662—1795年）的，颐和园则

是清光绪时期（1875—1908年）历史社会的反映。就陈设文物对比，皇家园林中陈设文物最多的是圆明园，而此园在咸丰十年（1860年）遭受英法联军焚劫，陈设文物损失一空。其他几处皇家园林中存世的文物也极为有限，只有颐和园保存下来4万件传世文物，成为研究中国皇家园林重要事件、遗产的重要见证。

中国园林艺术讲究"虽由人作，宛自天开"的意境，故离不开花草树木与宫殿建筑相协调配置，这一点在颐和园里表现尤为明显。如在万寿山上大片种植耐寒的松柏，其常年墨绿色的基调与红墙黄瓦的古建相映生辉，达到了非常美妙的园林艺术效果。再如，昆明湖那婀娜多姿的垂柳、娇艳鲜嫩的荷花与波光潋滟的湖水映衬，似乎让人感受到江南水乡的秀丽和清新。而那四季花红柳绿的庭院花卉设计，又赋予肃穆的宫殿建筑以浓郁的园林气息和休闲氛围。在颐和园被列入《世界遗产名录》时，联合国教科文组织世界遗产委员会给了这样一个评价：她是"世界几大文明之一的有力象征"。

◎ 皇家御园魅力四射

对于颐和园的魅力，绝对不是徜徉过几次就能够领悟的。作为中国皇家最后一座御园，颐和园是中国数千年园林艺术的完美结合，它的那种庄重、那种隽永、那种恢宏、那种自然、那种精巧、那种美妙，都是其他园林所无法比拟的。难怪人们第一次见到颐和园便会对它流连忘返，甚至怀有一种朝圣的情怀。

位于北京西北郊的颐和园，是中国清朝从康熙到乾隆年间在北京营建的数座皇家园林中的最后一座，其主体由万寿山和昆明湖组成，是一处人工与自然巧妙融合的皇家园林。万寿山原名"瓮山"，属于北京西山的一支余脉。昆明湖原名"瓮山泊""西湖"，由西山一带泉水汇聚而成，曾多次被古代城市水

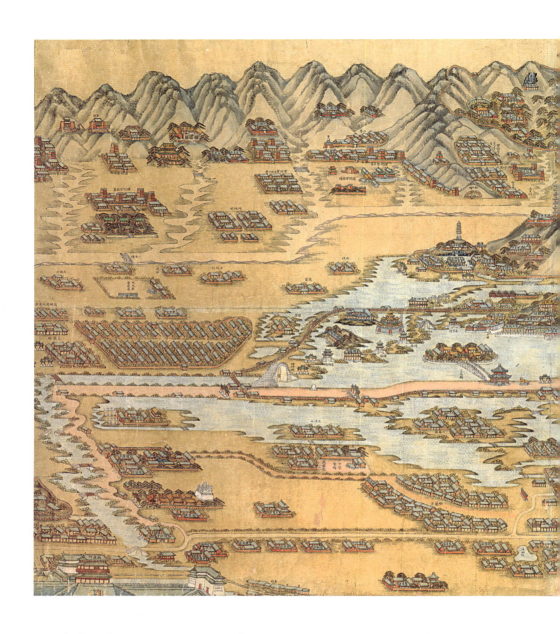

利、农灌运输所利用，是北京城市建设的历史见证。历史航船驶进清王朝的航
道，乾隆皇帝因为迷恋江南山水美景，总渴望能够把江南美景移植到北方，于
是从乾隆十五年（1750年）到二十九年（1764年），花费了大约15年时间终

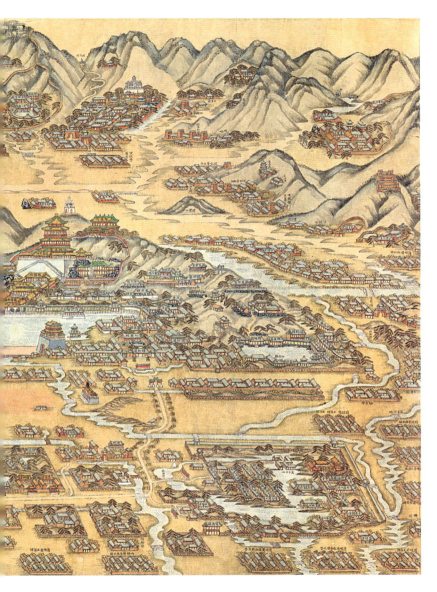

于建成了颐和园的前身清漪园。清漪园是在清朝国力最鼎盛时期建造的，所以无论是建筑还是内里陈设，都称得上是一流的，所以也就顺理成章地成了乾隆、嘉庆、道光和咸丰四代皇帝的御园，以致遭受毁坏后慈禧太后还想方设法

进行修复，使其成为自己的"颐养冲和"之地。

占地约3平方千米的颐和园，其最具神韵的水面就占全园面积的4/5，是一座大型的山水园林。整个园林100多处各具特色的景观，分为政治活动、生活居住和游览三大区域，既有皇家处理政务的功用，又不失园林的休闲特点。在本应属于休闲的园囿中设置处理政务的专用殿堂，并把所有园林中的这一办公地都叫勤政殿，其用意无非是希望皇帝们在游玩时不要忘记处理政务，这是乾隆皇帝的创举。作为记录一段政治生活的载体，颐和园的政治活动区同样在中国晚清的历史上扮演了重要的角色。

政治活动区

颐和园的政治活动区在东宫门内，其中心建筑仁寿殿，是慈禧太后与光绪皇帝进行内政、外交等政治活动的主要场所。

牌楼

东宫门是颐和园的正门。在接近它之前首先见到的是门前200米处那四柱三间七楼式的牌楼。皇家牌楼不同凡响，气派雄浑，那火焰式样有一种蒸腾向上的气势。在牌楼的正面，题有"涵虚"两字，而背面则是"罨秀"两字，是指颐和园的湖光山色之美妙。

东宫门

穿过牌楼，远远就能见到东宫门上的那块匾额了。在那气派宏阔门楣上方的镏金大匾上，题有"颐和园"三个大字，是光绪皇帝的御笔亲撰。在同一块匾额上还有5方印章，内容分别为"光绪御笔之宝""慈禧皇太后御览之宝""数点梅花天地心""和平仁厚与天地同意""爱日春长"。东宫门共设有

东宫门牌楼

　　东宫门牌楼也叫涵虚牌楼。光绪年间修复时，将原来的四柱三间三楼改为四柱三间七楼。"涵虚""罄秀"由乾隆皇帝撰，汪由敦书写，因此无款无章。

5个门洞，中间的叫御路门，是皇帝和后妃们专用的，旁人是绝对不敢逾越的；两边的门洞属于王公大臣们进出的通道，而太监和差役等人只能走两侧另开的罩门。

颐和园匾额

仁寿殿

进入颐和园的东宫门，就是富丽恢宏的政治活动区，它是一组以仁寿殿为主体的卷棚歇山式建筑。按说，乾隆皇帝规定在园林中设置的办公地都应该叫勤政殿，而颐和园里的为什么叫仁寿殿呢？据说，这也是慈禧太后的主意，她根据孔子在《论语》中"仁者寿"一句的寓意，把勤政殿改名为仁寿殿了。当年，慈禧太后和光绪皇帝驻跸颐和园时，就是在仁寿殿里坐理朝政的。仁寿殿两侧还有两排房屋，那是朝廷六部九卿大臣们的办公地，旧时称作南北九卿朝房。仁寿殿前面是一处比较宽阔的庭院，院里栽种着古柏苍松，

仁寿殿

仁寿殿在清漪园时期为勤政殿，始建于乾隆十五年（1750年），咸丰十年（1860年）被英法联军烧毁，光绪十二年（1886年）重建，改名"仁寿殿"，是慈禧太后和光绪皇帝住园期间处理朝政和接受恭贺、接见外使的地方。

堆叠着假山奇石，使原本肃穆的皇家宫殿显出了一份园林的休闲。大殿正前方有一座宽大的月台，其上整齐而对称地排列着铜龙、铜凤、铜缸和鼎炉，那是皇家威仪的体现。最特别的，是院里那只麒麟，因为是传说中的、古代劳动人民想象出来的神灵，所以它的形象很稀少罕见，当然也很恐怖吓人，即龙头、狮尾、鹿角、牛蹄，浑身还长满了鳞甲，活脱脱是一头怪兽。然而，就是这么一副狰狞的形象，却是历代皇家的宠爱，因为它象征着威严和不可触犯。

仁寿殿北面有一口名为"延年井"的水井，是慈禧太后所赐名。传说，慈禧太后一次游园时中暑，喝了这井里的水便健康如初，所以她一高兴

就给这口井起了这个名字。再后来，八国联军攻进北京城，慈禧太后仓皇出逃时，还不曾忘记专门到颐和园来喝这里的井水，求神灵保佑，才得以平安逃往西安。

仁寿殿正中是一座方形平台，也叫地平床，上面设有御案、宝座和掌扇，特别是宝座后面的屏风，上面有200多个不同写法的"寿"字，据说是慈禧太后在颐和园里过生日时专门制作的。平台四周还陈设有凤凰、龙抱柱等饰物，都是贵重的景泰蓝制品，仅此陈设就恰似紫禁城里的小金銮宝殿了。不过，坐在金銮宝殿正中进行临朝听政的可不是什么皇帝，而是皇太后，在慈禧太后执掌中国政权的年代，皇帝光绪只能坐在左侧的小宝座后面当个摆设罢了。

仁寿殿两边的暖房里，同样摆设得华丽而精致，这是慈禧太后和光绪皇帝临朝听政累了时休息的地方，有时也用来临时召见个别大臣。当年，光绪皇帝就曾在左边暖阁里召见过维新派首领康有为，并发出在全国范围内实行变法的旨意。只可惜，光绪皇帝的旨意并没能在全国推行下去，因为封疆大吏们基本上都是慈禧太后豢养的奴才，他们只唯慈禧太后马首是瞻，并不把傀儡皇帝光绪放在眼里。

生活居住区

颐和园中生活居住区主要有乐寿堂、玉澜堂和宜芸馆3座大型数进院落，这是慈禧太后和光绪皇帝及后妃们生活起居的地方。懂得生活情趣和享受的慈禧太后，为自己选择的生活区是背山面湖的地界，其所有建筑都通过长长的游廊串联起来，向东可以通往大戏楼，往西能够到达长廊。而慈禧太后寝宫前名叫"水木自亲"的码头，则是她从水路乘船进出寝宫乐寿堂的幽静门户。在这片生活居住的庭院中，叠石、假山和富有寓意的各种陈设、花草树

木，都充分显露出中国皇家园林追求的那种理想的
居住环境。

玉澜堂

　　从仁寿殿穿过一条小路就到了玉澜堂，这是光
绪皇帝的寝宫，也是这片生活区最南端的建筑。玉
澜堂的名称，是参照晋代诗人陆机的"玉泉涌微
澜"诗句意境而起的，对照当地的景致，确实会有
一种非常贴切的感觉。

　　玉澜堂是正殿，东西两侧还有两处配殿，东边
的叫霞芬室，西边的叫藕香榭。作为正殿的玉澜
堂，其中的陈设完全按照宫廷的标准来布置，有御
案、宝座、屏风，处处都体现出皇家仪仗的气派。

玉澜堂

　　玉澜堂面阔三
间，进深三间，前
出廊。始建于乾隆
十五年（1750年），
咸丰十年（1860年）
被英法联军烧毁，
光绪十八年（1892
年）重建。

玉澜堂内景

玉澜堂殿内陈设大都是乾隆时制品。屏风、宝座、御案、香几等均为浅色沉香木和深色紫檀木制成，极为珍贵。

在这些陈设中，那套御案宝座在颐和园所有家具中是首屈一指的，因为完全是用紫檀木和沉香木镶嵌、拼贴、雕刻而成的，这种工艺手法至今已少有人会了。殿堂内有东、西暖阁，东边的暖阁是光绪皇帝早晨就餐的地方，西边的暖阁是光绪皇帝的寝宫。

然而，华贵的生活设施并不代表拥有幸福的生活。光绪二十四年（1898年）戊戌变法时，光绪皇帝在危急时刻曾在玉澜堂召见手握重兵的袁世凯，对他寄予热切厚望，要求他支持变法，并在关键时刻实行兵变，从而实现自己变法强国的梦想。可是，狡诈的袁世凯却阳奉阴违，转身就跑到慈禧太后那里告密，致使戊戌变法失败。为此，光绪皇帝被慈禧太后严密地囚禁在玉澜堂里，前后长达10年之久。为了防止光绪皇帝与外界联系或逃跑，慈禧太后不仅派心腹人员日夜看守，还命人在玉澜堂里砌筑了几道围墙，至今还有两道留存在玉澜堂的东西配殿内。今天的人们都知道光绪皇帝是在中南海瀛台被囚禁至死的，其实那只是他冬天的囚所，夏天光绪皇帝一般被囚禁在颐和园里。

宜芸馆

玉澜堂的后面是宜芸馆，其构造和玉澜堂基本相同，有正殿，有配殿，正殿的名称叫宜芸馆，东西配殿的名称分别叫道存斋和近西轩。这是光绪皇帝隆裕皇后的住处。

宜芸馆名称中的"芸"，指的是一种叫芸草的植物，古人一般把它夹在书中，当作书签来使用，因为其不仅能散发出特殊的香味，还能起到驱赶蚊虫的作用。宜芸馆原先和玉澜堂相连通，后来因为光绪皇帝被囚禁，在玉澜堂和宜芸馆之间也就筑起了一道围墙。其实，两座庭院之间有无围墙相隔，并没有什么不同，因为光绪皇帝和他的隆裕皇后基本上是水火不容的，更谈不上什么夫妻恩爱了。

当年，光绪皇帝大婚时并未看中隆裕皇后，而是在慈禧太后授意下不得不把她娘家的这位侄女点封为皇后。可这位隆裕皇后从来就不曾体谅过自己丈夫的苦衷，而是处处帮着慈禧太后监视、管束光绪皇帝，这使光绪皇帝很反感，对这位皇后更加不喜欢，以致新婚之夜也未能与她同房，后来一直是处于不冷不热的状态。戊戌变法失败后，光绪皇帝被囚禁至死，而隆裕这中国封建社会最后一位皇太后，希望自己能像慈禧太后一样总揽朝政，因为这时的宣统皇帝溥仪只是一个3岁孩童。不过，这位皇太后并没有她姨娘慈禧

宜芸馆

宜芸馆始建于乾隆年间（1736—1795年），咸丰十年（1860年）被英法联军烧毁，光绪年间（1875—1908年）重建。前五间和后三间有门相通。现在根据乾隆清漪园时的档案布置陈设。

太后那样的政治手腕，反而最终从她的手中发布诏书，宣布末代皇帝溥仪的退位，同时也宣告了中国数千年封建社会的结束。

乐寿堂

宜芸馆的后面，是慈禧太后的居所，也是生活区的主体建筑，其规格和陈设都不是玉澜堂和宜芸馆等其他建筑所能比的。进入乐寿堂共有两条路，一条是从玉澜堂进入乐寿堂的陆路，另一条是水路，也是进入乐寿堂的正门通道。一般情况下，慈禧太后乘船从昆明湖到达一座石砌码头，上岸后要经过一处五间的穿堂殿，这处穿堂殿有一个古怪的名字，叫作"水木自亲"，然后才能进入乐寿堂。

　　踏入乐寿堂庭院，首先会见到一块巨石，恰似这庭院的屏风，这就是乾隆皇帝亲自命名的灵石"青芝岫"。绕过"屏风"，正中是五间的乐寿堂正殿，东西也有各五间的配殿，配殿的门楣上分别有"仁以山悦"和"舒华布实"的匾额。乐寿堂正面的台阶前，对称地陈列着铜鹤、铜鹿和铜瓶，庭院四隅还种植着各种名贵的花草树木，使这一居所显得十分静谧幽雅。

　　庭院正中的乐寿堂，就是慈禧太后的居所，中间是起居室，东西两侧的套间分别做更衣室和寝

乐寿堂

　　始建于乾隆十五年（1750年），为两层建筑。咸丰十年（1860年）被英法联军烧毁。光绪十八年（1892年）重建，改为单层建筑，为慈禧太后在颐和园内的寝宫。

乐寿堂内景

乐寿堂面阔七间，进深两间，前出抱厦五间，后出抱厦三间。正殿檐下悬光绪手书"乐寿堂"黑底金字横匾。中间为起居室，正中陈设紫檀木宝座和御案，其后有用象牙和螺钿镶嵌的玻璃屏风。

宫，内里陈设的奢侈豪华是自不待言的。我们单讲起居室里的陈设，就可窥见其奢华程度。宝座、御案、香炉是乐寿堂必备的陈设，宝座前面的左右两侧置有名贵的青花瓷盘和镀金铜炉，那是用来堆放各种水果和点燃熏香的。如果在偌大的瓷盘里放满各色水果，有人估算至少需要上千只，但这些水果可不是用来吃的，而是专门供慈禧太后闻香的。别说每天更换水果，就是三两天换一次，那也够浪费的。虽然浪费，但如果让慈禧太后闻出水果的腐烂气味，那杀头的滋味是谁也不想尝试的。

4只镀金铜炉，不仅工艺精巧，造型也十分别致，每只铜炉分别由9片桃叶组成，并点缀着5只蝙蝠，其形象十分鲜活逼真。另外，乐寿堂内除了装有各色宫灯外，还有五彩的水晶吊灯，这可是现代人使用的电灯，那时慈禧太后就能享受如此高档的生活设施，实在是当时人们所不敢想象的。当然，当时人们不敢想象的还有，慈禧太后已享受了电话、汽车、火车、电报、电影和照相等现代设备设施。

乐寿堂的后殿，是慈禧太后专门存放衣服和装饰品的地方。据说，慈禧太后在这处殿堂里共有宝石、金银、珍珠、翡翠等装饰品达3000箱之多，其中世所罕见的珍品就更是让人闻所未闻。例如，她的一副披肩就是用3500颗鸟蛋大的珍珠编穿而成，其价值不知如何计算。

德和园

这是慈禧太后看戏、听音乐的地方，属于园林生活区的附属设施。德和园的名称，出自《左传》"君子听之，以平其心，心平德和。故诗曰：'德音不瑕'。"这句话的意思就是说，君子听诗歌和音乐就能够心平气和，而心平气和就能使人的性情得到陶冶，所以诗歌和音乐是帝王家的宝物。不过，慈禧太后附庸风雅地给自己看戏和欣赏音乐的地方起名为德和园，是否起到了陶冶情操的效果，就另当别论了。

德和园共有三进院落，有颐乐殿、大戏台和看戏廊。颐乐殿，是慈禧太后和皇帝、后妃们看戏的地方。当年看戏时，慈禧太后坐在殿内的木炕上，而光绪皇帝则在门外左窗台下侍坐，东西两厢的走廊分别是王公大臣和内廷官员们的侍坐处。虽然这种座位排定有着严格的顺序，是任何人不能逾矩的，但能够得到慈禧太后赏赐看戏，已经是当朝官员们的一种荣耀了。颐乐殿大门外柱子上有一副楹联：松柏霭长春画图集庆，蓬莱依胜境结构灵光。其意思不言自

颐乐殿内景

　　颐乐殿在大戏楼对面，内有宝座、休息室和午休的寝室等，装饰陈设颇为讲究、奢华。

明，大约应该这样解释：松柏沐浴在春天那美好的氛围里，到处呈现出一派吉庆和祥瑞；蓬莱仙岛就在这名胜之地，巍峨的宫殿建筑闪烁着一种神异的光彩。

　　大戏台是德和园的主建筑，有上中下3层，高达21米，中间是用来演戏的舞台，上下两层则是演戏的辅助设施，相互之间有天井相连通。上层设有升降布景的辘轳绞车，下层则有一口水井和5个方形的水池，这些设施都是演鬼神之类戏剧时的专用设施。宫廷女画家美国人柯尔在回忆中说，有一次，她有幸被慈禧太后赏赐和后妃们一起看戏，当时舞台上正表演舞龙的场面，她兴趣浓厚竟不知后妃们是何时退出现场的，突然间那飞腾的巨龙口喷水雾，把她喷了个浑身湿透。

德和园的最后一进院落，是为慈禧太后画像的美国女画家柯尔的专用画室。在这里，柯尔使用的自然都是上等的颜料，但慈禧太后可不是一个称职的模特，她常常不能静心坐在那儿等待画家临摹，往往需要找一些替身来配合。不过，在画像开笔和最后即将成画时，慈禧太后一般都会亲自到场。据说，慈禧太后的戏瘾很大，根据档案记载，在颐和园她12年里共看了200多场戏，堪称是铁杆"票友"。

德和园大戏楼

大戏楼建于光绪十七年（1891年），是中国现存最大的古戏楼。它与故宫畅音阁大戏楼、避暑山庄清音阁大戏楼并称清代三大戏楼。

游览区

占颐和园总面积达十分之九的游览区，由万寿山、昆明湖、后山和后溪河组成。万寿山的前山平缓舒展，面对碧绿浩渺的昆明湖水面，开阔的景致实在有一种怡人的意味。而后山则峰回路转，山脚下那条后溪河蜿蜒曲折，极为幽静。园内数万平方米的各式宫殿、寺庙和单体景点建筑，因地制宜地分布在山水框架之中，既有皇家园林的恢宏，又充满了天然野趣，高度体现出中国古典园林"虽由人作，宛自天开"的造园准则。

前山中部以佛香阁为中心，层层上升的建筑形成了金碧辉煌的中轴群体，其气势十分磅礴大气。佛香阁四周还有众多的亭、台、楼、阁、殿、廊、桥、榭等精美建筑，供人们从不同角度观赏昆明湖的景色。颐和园里的长廊有多种形式，如：回廊、游廊、画廊、水廊、山廊、曲廊等，可谓品种齐全，种类繁多，当然也是五彩缤纷，风格迥异，各有各的特色。这里，只介绍从邀月门到石舫这一段时曲时直的长廊。

长廊

穿过乐寿堂的邀月门，便进入颐和园里闻名遐迩的长廊。这是被列入《吉尼斯世界纪录大全》的一处长廊，不仅728米的长度是世界第一，其中那14000余幅内容丰富的图画也是其他长廊所不能比拟的。

长廊始建于清乾隆十五年（1750年）。这是一条彩色游廊，它依据山水走势而建，时而似一条直线，仿佛一下子能看到尽头，时而又曲折延伸，给人一种没有穷尽的感觉。在273间枋梁上都彩绘有各种人物、山水、花鸟以及故事、典故等画面，使人仿佛置身于中国古代历史的长廊之中。彩绘在长廊上的故事，大约可以分为历史故事、古典小说和神话传说三类。就是这么一

长廊

颐和园长廊始建于乾隆十五年（1750年），咸丰十年（1860年）被英法联军烧毁，光绪十四年（1888年）重建，全长728米，共273间，有548根柱子

处精美的历史画廊，却在咸丰十年（1860年）同样毁坏于英法联军那场焚烧之中。现在人们见到的，是慈禧太后重修颐和园时派人到江南临摹后又彩绘上去的。

佛香阁

从长廊中部北侧爬行114级阶梯，可以直接登上颐和园所有景点的中心建筑——佛香阁。这里也是全园的制高点，位于万寿山山顶，虽然万寿山只有

佛香阁

  佛香阁始建于乾隆十六年（1751年），咸丰十年（1860年）被英法联军烧毁，光绪二十年（1894年）完成重建。阁前原建有大报恩延寿寺，咸丰十年被烧毁后未能重建

50多米高，但想揽尽颐和园的风光只有这里是最佳的观景点。

建在高达21米石砌台基上的佛香阁，是仿照杭州的六和塔建造的，属八面三层四重檐式古典建筑，通高41米，用8根坚硬铁力木为支柱，屋顶则由35种184172件琉璃瓦组成，其建造结构复杂，气势宏伟，是中国古典建筑的杰出代表。它不仅是颐和园的标志性建筑，也是慈禧太后在重建颐和园时花费最多的单体建筑。登上佛香阁的四周游廊，在饱览昆明湖和园内诸多景点的同时，还能把颐和园之外数千米的山峦美景尽收眼底。

佛香阁，取名自佛经《维摩诘经·香积佛品》中"有国名众香，佛号香积。其国香气比于十方诸佛世界之香，最为第一，其界一切皆以香作楼阁"几句。佛香阁分上中下3层，3层匾额题字分别为："式扬风教""气象昭回""云外天香"，这意思大抵与佛经教义有关。传说，在寺庙中建塔的习俗始于唐朝，专门为存放唐僧西天取经带回的佛舍利子。而颐和园里的佛香阁，虽然没有什么舍利子，却也成了慈禧太后烧香拜佛的场所。每逢初一和十五，慈禧太后只要驻跸颐和园都会准时来到这里烧几炷香，祈求佛祖保佑清朝江山永固，也为自己长生不老祷告一番。

佛香阁东侧，有转轮藏和"万寿山昆明湖"巨碑，西侧有一组佛教建筑叫五方阁，其中心建筑是闻名遐迩的宝云阁，也就是用207吨青铜铸成的铜亭，堪称中国传统铸造工艺的杰出代表。

宝云阁

宝云阁，也就是始建于1755年的铜亭，高有7.55米，通体呈现出螃蟹壳般的青黑色。该亭属于重檐歇山顶，四面置有菱花隔扇，其造型与结构完全和木建筑一样，造型精美，工艺复杂，其中精细的花纹采用中国传统的拨蜡铸造法，堪称中国铸铜工艺中的鬼斧神工。古时候人们有时把铜称作金，故铜亭又有"金殿"之说。根据档案记载，铜亭铸造完工后，为了磨光表面，仅锉下来

五方阁建筑群

五方阁建筑群以宝云阁为中心，由主配殿、角亭、游廊等围合成方形院落，其布局象征佛教密宗的"曼荼罗"。乾隆时期始建，咸丰十年（1860年）被英法联军烧毁，清光绪十二年（1886年）重建。

的铜屑就达2500公斤，可以想象铸造铜亭到底需要怎样高超的技艺。为了铭记拥有如此技艺的工匠们，铜亭南坎的墙内还刻有当时那些监工和工匠的姓名，从而留下了一份珍贵而又难得的历史资料。

然而，如此精妙的青铜铸造精品却在20世纪初丢失了10扇铜窗，使铜亭成为一件残品。幸运的是，1992年美国工商保险公司董事长格林伯格在法国巴黎发现了它，并个人出资51.5万美元将10扇铜窗买下，一年后无偿地送还给中国，使宝云阁恢复了原貌。

智慧海

从佛香阁往上就到了万寿山顶峰，在这个制高点上，有一座宗教建筑叫智慧海。智慧海一词，是佛教用语，意思是颂扬佛的智慧浩如烟海。智慧海这一特殊建筑，还有两个名称：一是"无梁殿"，一是"无量殿"。"无梁殿"的名称，源于建筑本身的特点，因为殿内不用梁柱承重，全部由琉璃砖和石砖发券砌成；而"无量殿"，则是因为过去殿内设有佛龛，供奉无量寿佛，故有此称。

智慧海整个建筑的外表，全部采用琉璃瓦装

智慧海

此照片拍摄于1860年10月18日，英法联军随军记者费利斯·比托拍摄。为英法联军洗劫后的智慧海，因建筑材料特殊而没被烧毁

饰，除了上部用一些紫色和蓝色的琉璃瓦外，其余均为黄、绿两色，使整个建筑呈现出艳丽的色彩，给人一种富丽堂皇的感觉。然而，在光绪二十六年（1900年）八国联军攻陷北京时，这富丽的建筑遭到联军疯狂的抢劫和毁坏，在如今的墙壁上仍留有当年的罪恶见证。

排云殿

排云殿原为大报恩延寿寺正殿旧址，被英法联军烧毁后于清光绪十三年（1887年）改建。重檐正脊歇山顶，饰黄色琉璃瓦。

排云殿

排云殿位于万寿山前山建筑的中心部位，是颐和园里最壮观的建筑群，它的名称源自晋代诗人郭璞《游仙诗》中"神仙排云出，但见金银台"的诗

排云殿内景

现排云殿
殿内陈设为慈
禧万寿庆典时
原状。

句。从长廊中部穿越排云门，就可直接到达排云殿。这里原是乾隆皇帝为母亲六十寿辰而兴建的大报恩延寿寺，慈禧太后重建时，把延寿寺正殿改建为今天的排云殿，作为自己寿诞时接受百官贺拜的地方。

坐北朝南的排云殿建在一座高台之上，主殿排云殿横列复道与左右耳殿相连通，是一处由20余间殿堂组成的建筑群。排云殿建筑格局齐整，重殿复廊，屋顶全部用金黄的琉璃瓦覆盖，从远处望去是一派金光闪烁的景象，特别是在蓝天与白石台基的映衬下，更加显得美丽而庄严，这在世界宫殿建筑中也是极为罕见的。不过，这组辉煌的建筑群却是慈禧太后违反祖上规矩的产物。据

说，乾隆皇帝在建造大报恩延寿寺时，曾经立下规矩，就是除了佛寺神庙可以使用琉璃瓦之外，其他建筑一律不得使用琉璃瓦。而慈禧太后在把大报恩延寿寺改建为排云殿时，曾想作为自己的寝宫，由于她在一次查看中突然病倒，就迷信地改变了原先的设想，从而更改为祝寿的专用地，并将原先那青灰瓦当均改为金黄的琉璃瓦了。

排云殿里设有宝座、围屏、鼎炉、宫扇等，是慈禧接受贺拜时的陈设。最为特别的是，慈禧太后七十大寿时，王公大臣们进贡的礼品中，有一对名为麻姑献桃的景泰蓝制品，这在同类工艺品中是独一无二的。殿内东侧慈禧太后的油画像，就是前面提到的美国女画家柯尔的杰作。当然，这些都只是慈禧太后寿诞时接收众多礼品中的一小部分，据说在排云殿中专门有一处宫殿用来存放礼品，其数量到底有多少就不可知晓了。

画中游

这是万寿山西部山头上一组重要的景点建筑群，正中是一座八角两层楼阁，东西配置两亭两楼，由爬山廊把它们相沟通，名称分别叫"爱山"和"借秋"。因为在这组建筑中集中了多种建筑形式，有楼、阁、亭、廊等，且分布在不同高处，使各处建筑各有特色，有居高临下的气势，无论登阁凭眺，还是漫步游廊，都仿佛置身于美丽的图画中一样，所以有画中游的美名。特别是红、黄、蓝、绿几种颜色琉璃瓦的巧妙搭配，以及各种建筑在高低不同地势上的分布，更使这组建筑像一幅画一样。乾隆皇帝在一首诗中写道：

层楼雅号画中游，四面云窗万景收。
只有昆明太空阔，破烟几点下闲鸥。

从乾隆皇帝的这首诗中，我们不难看出画中游的景致确实是美不胜收。

四大部洲

从万寿山顶折下来，就是后山的主体建筑四大部洲，这是一组汉藏式的喇嘛寺庙建筑群，具有浓厚的宗教色彩，当然也有几分神秘气氛。

四大部洲仿照西藏桑鸢寺的形式建造，有着精妙绝伦而又独具匠心的设计，充分体现了佛教中的宇宙观念。前有须弥灵境殿（现已不存），两侧竖有3米高的经幢，后有象征须弥山佛殿的主体建筑香岩宗印之阁，东西两侧还建有日台与月台，象征日月环绕须弥山运行。在香岩宗印之阁内供有3尊佛像，阁的四周还建有象征着佛教世界的四大部

画中游

画中游建筑群包括画中游、澄辉阁、借秋楼、爱山楼、湖山真意等建筑。所处位置坡度较大，各个建筑因地制宜，随山就势，是一组极具特色的建筑群。

香岩宗印之阁和四大部洲侧景

此组建筑揉千汉藏混合痕迹
采喇嘛庙群 始建于乾隆二十三
年（1758年）咸丰十年（1860
年）大部被英法联军烧毁 光绪
十二年（1886年）重建于香岩示
印之阁 将原来的三层巨型楼阁
变为一层的殿堂 20世纪80年
代起人民政府陆续修复其他建
筑 但九开间 深六间的主殿须
弥灵境殿尚未修复

洲，即东胜身洲、南赡部洲、西牛货洲和北俱卢洲，而阁的东南、西南、西北、东北四个方位还分别建有红、白、绿、黑4种色彩的喇嘛塔，它代表着佛经中的"四智"，塔上有13层环形"相轮"，表示佛经中的"十三天"。

苏州街

颐和园万寿山的后山后湖，是全园中最为幽静的一片所在，然而幽静中却有一处热闹的街市，这就是仿照中国江南临水建造的街市——闻名遐迩的苏州街，俗称"买卖街"。

之所以在皇家园林中建造如此俗气的一条买卖

苏州街

苏州街建成于乾隆年间，咸丰十年（1860）被英法联军焚毁，20世纪80年代末由人民政府重建。

街，据说乾隆皇帝当年有这样三方面考虑：一是他在几次下江南中对江南水乡颇感兴趣，特别是看到江南人们乘坐小船在河两岸进行买卖，更是别有风味，于是决心在北京进行仿造；二是皇宫中的后妃们整日圈在宫里，时间长了就有一种与社会隔绝的枯燥无味感，建造这样一条水街可供后妃们在此游乐；三是乾隆皇帝在清漪园建成后，发觉后湖和两岸堆山陡壁兀立，形成巨大落差，造成园内景物的空虚，所以28年后又下令仿照苏州一河两街的样式在南北两岸建成了一条买卖街，取名就叫"苏州街"。

全长约300米的苏州街，共设有各种铺面200多间，酒楼、茶馆、当铺、钱庄、药店、染坊、印书局、官服店、织布所、评弹厅、糕点铺、小吃店等一应俱全，只是铺面比真实的要小得多。不过，据有关资料记载，当时有卖古玩的怡古斋、售文房四宝的云翰斋、卖烟的吐云号、卖茶的品泉斋、卖供器的妙化斋、卖鞋的履祥号、做银号生意的通裕号，以及芬芳楼、兰馨楼、福泉楼、芬雅斋、万源号、永盛号、同春号、泰来号等字号的店铺。当然，其所有买卖经营都是模拟的，虽是模拟商业街，却从一个侧面真实地反映了当时社会的商业状况和商业文化。

谐趣园

颐和园后山后湖的东部，还有一处仿照中国江南无锡民间私园寄畅园修建的园中之园——谐趣园。在这个园中园里，高度而和谐地浓缩了从中国西部高原到江南水乡的美妙景色，且各具民族风情，反映了中国古代造园艺术的高超。

这是一处颇具江南特色的小型园林，其取意于乾隆皇帝的《惠山园八景·序》中"一亭一径，足谐奇趣"的意思，也就是"物外之静趣，谐寸田之中和"之意。其中"寸田"即心田，在这里指的是心情、心境，而"中和"，则语出《中庸》"喜怒哀乐之未发谓之中，发而皆中节谓之和"，这里比喻园中景

物变换无穷，妙趣横生，而又使人心境平和，怡然自得。

谐趣园原名惠山园，是乾隆十六年（1751年）乾隆皇帝下江南后，游览江南无锡惠山的寄畅园有感而建。乾隆皇帝在《惠山园八景·序》中说：

> 江南诸名墅，惟惠山秦园最古，我皇祖（康熙）赐题曰寄畅。辛未春南巡，喜其幽致，携图以归，肖其意于万寿山之东麓，名曰惠山园。一亭一径，足谐奇趣。

乾隆皇帝在诗中提到秦园，指的是康熙皇帝对

谐趣园全貌

谐趣园在颐和园内是一个独立成区、具有南方园林风格的园中之园。园中池水由后溪河引入，顺着山势流积成泽，建筑形式与组合极其丰富。

惠山园的称呼，后来乾隆皇帝改称惠山园，移植到
北京后嘉庆皇帝又取名为谐趣园。当时，谐趣园里
有著名的八景，它们分别是载时堂、墨妙轩、就云
楼、澹碧斋、水乐亭、知鱼桥、寻诗径、涵光洞。
这些景观在1860年英法联军侵入颐和园时曾被毁
坏无余，现今见到的是光绪年间重新修建的。

　　谐趣园里的亭、台、堂、榭达13处之多，且
以长长的游廊和5座风格迥异的小桥相沟通。这5
座小桥中尤以知鱼桥最为著名，桥面贴近水面，不
仅便于观鱼，也是垂钓的好地方，当年慈禧太后就
曾在此钓过鱼。知鱼桥的名字，取自战国时期著名
哲学家庄子和惠子在"秋水濠上"的一段辩论。相
传，一次两人在水边观鱼，庄子说："鱼儿在水中

自由自在地游动，真是快乐。"惠子说："你不是鱼，怎么知道鱼儿快乐呢？"庄子反问："你不是我，怎么知道我不知鱼儿快乐？"以这个典故来为一座小桥命名，不仅体现出造园者的高明智慧，也在无形中增添了游园人的情趣。

十七孔桥

　　昆明湖是一处在北方比较鲜见的湖泊，颇有江南水乡的神韵。湖中的3座岛屿分别代表着传说中的蓬莱、瀛洲、方丈三仙岛，十分明显地表现了中国古典园林追求"海上仙山"寓意的传统和修造模式。其中，南湖岛与东岸相通的长达150米的十七孔桥，创造了昆明湖水景中极为壮美的景观。

　　在宽阔的昆明湖上，连接东堤与南湖岛的是颐和园里最大的一座石桥，因为有十七个桥洞，故名"十七孔桥"。还有一种说法，就是取阳数之极的

"九"，因为中国古代曾把数字分作阴数和阳数两种，"九"是阳数中最大的一个数，所以又叫阳极，而十七孔桥从中间一孔向两边数去，每边恰好都是"九"，这是取意吉祥的道理。

其实，昆明湖上有很多座桥，大约有30座，种类有平桥、拱桥、亭桥、孔桥等各种形式，其中当数十七孔桥最大。十七孔桥，也叫玉带桥、彩虹桥或玉石桥，其造型兼有北京卢沟桥、苏州宝带桥的特点，长达150米、宽6.56米的长长桥身，不仅建造工艺精湛，还有各种精美绝伦的雕刻图案。特别是，每个桥栏和望柱上都雕刻有神态各异的

廓如亭、十七孔桥和南湖岛

廓如亭俗名"八方亭"，重檐八脊攒尖圆宝顶，与十七孔桥、南湖岛在空间上互相映衬。南湖岛也叫"蓬莱岛"，与治镜阁、藻鉴堂两个小岛一起用来象征神话传说中海上的蓬莱、方丈、瀛洲三座仙岛。廓如亭和南湖岛由十七孔桥连接起来。

石狮子，大小共有540余只，比卢沟桥上的还要多，还要生动有趣，这在古今中外园林的桥梁建筑中也属佼佼者。从远处望去，十七孔桥就似一道人工长虹飞架在碧波荡漾的昆明湖上，不仅沟通了从东堤到南湖岛的水上交通，还大大丰富了颐和园里的景点，特别是使昆明湖的景观产生了一种层次感，不至于有空旷的感觉。

西堤

　　从昆明湖西望，有一道长长的堤岸，叫西堤。是乾隆皇帝当年下江南后，对杭州西湖上著名的宋代苏堤的一种"翻版"。

　　碧波荡漾的昆明湖是颐和园的主体，或者说是灵魂，而乾隆皇帝人为筑起的这道西堤，将宽阔的湖面切割出一小块，造成湖中有湖、景中有景的效果，堪称是造园艺术史上浓墨重彩的一笔。初春时节，漫步在长长的西堤上看垂柳泛绿，桃绽蟹肥，一条彩色缤纷的长堤倒影在碧绿的湖水中，那种暗香浮动的氛围着实令人有赏心悦目的感觉。

　　使西堤景色再添绝妙的是，自北向南建有6座如彩练般的虹桥，就似镶在西堤这条彩链上的6颗珍珠，它们依次为界湖桥、豳风桥、玉带桥、镜桥、练桥和柳桥。其中又以玉带桥最负盛名，其桥身用汉白玉和青白石砌成，洁白如玉，远远望去如玉带一般。这6座精巧的虹桥各有特色，且都含有不同的寓意。除了界湖桥可顾名思义之外，原名桑苎桥的豳风桥的建造与农事有关，其余4桥之名多取自古诗的幽远意境。玉带桥，是6桥中唯一的高拱石桥，久负盛名，有乾隆皇帝诗赞曰：

　　　玉河高跨入明湖，春水初生春未都。

　　镜桥，取意于唐朝大诗人李白的诗句"两水夹明镜，双桥落彩虹"。练桥，

取意于南朝诗人谢朓的诗句"澄江静如练"。柳桥，取意于白居易"柳桥晴有絮"一句。细细琢磨，确如诗人们所言。

清晏舫

在昆明湖边，还有一艘长年不曾行驶的画舫，这就是颐和园又一大景观——清晏舫。

清晏舫俗名石舫，最初是乾隆皇帝在明朝圆静寺放生台的基础上改建的。乾隆皇帝为什么要把一块石头改建成一条永不沉没的石船呢？有人说，是

豳风桥

豳风桥是一座屋桥，昆明湖西堤六桥之一，重檐四坡顶清漪园时代称为桑苎桥，后为避咸丰皇帝奕詝的名讳改为现名。

乾隆皇帝借用中国东汉时期伟大的文学家、科学家张衡在《东京赋》中"夫水所以载舟，亦所以覆舟"的说法，渴望自己的大清江山像这条石船一样永不沉没。乾隆皇帝在《石舫记》中说：

> 若夫凛载舟之戒，奠磐石之安，虚明洞达，职思其居，意在斯乎。

清晏舫

　　清晏舫船体为青石雕刻而成，船头靠岸，船尾朝湖中心。船舱部分仿法国游艇"翔凤号"用油漆装饰成大理石纹样，船体两侧各有一个石质机轮。

通长36米的石舫，初建时为单层中式舱楼，咸丰十年（1860年）英法联军侵入颐和园把它焚毁后，慈禧太后在光绪十九年（1893年）改建时把它

设计成双层西式舱楼，这也是颐和园里唯一的西式建筑。

这处西式建筑的内里也全是西式的，如船舱底部用花砖铺地，窗上还镶嵌有彩色玻璃，就连顶部也采用砖雕来装饰，使石舫通体华丽无比。设计更为巧妙的是，石舫四角设有4个探出舫外的龙头，每逢雨天雨水落在舫顶，流入龙头中并从龙口喷吐而出，十分壮观美妙。

与其他景点的命运一样，石舫在英法联军毁坏颐和园时也遭到焚毁，特别是石舫中的木质结构都毁坏无余。后来，慈禧太后在重新修建颐和园时，不仅改造了原来的式样，而且取"河清海晏"之意，把石舫命名为清晏舫，也就是天下太平的意思。

被烧毁的清晏舫

此照片约拍摄于1877年，英国人托马斯·查尔德拍摄。被烧毁的清晏舫只剩船体。

◎ 别一处史迹

在颐和园的游览区内，虽然景点极多，但并不显得杂乱无章。这体现出造园者的独到构想和不凡技艺。不过，作为清王朝的皇家园林，颐和园本应是属于清朝贵族的专用园地，而在这片幽静的园林中却有一处元朝勋臣及其家族的墓地，这就是中国历史上的名臣耶律楚材祠。

耶律楚材，这位生在北京，长在北京，死后又葬于北京的地地道道的北京人，其实是契丹国开国皇帝耶律阿保机的九世孙，属于契丹族真正的皇家后裔。南朝宋元嘉三年（426年），辽太祖耶律阿保机一举歼灭渤海国，夺取渤海国松辽流域大片疆土建立东丹国，并以太子耶律突欲作为东丹国的国君。耶律突欲虽然是边疆少数民族国君，却对先进的中原文化非常仰慕，不仅自己广泛学习汉族文化，精通汉文和多种其他语言文字，能诗擅画，通晓音律和医学等，堪称是一位博学的明君，还大力倡导其领地的人民广泛开展

耶律楚材像

耶律楚材（1190—1244年），契丹族。辽东丹王耶律突欲之八世孙，金尚书右丞耶律履之子，大蒙古国政治家，主张的制度措施为元朝奠定了立国之基。

学习汉文化知识和先进科学技术的活动。同时，在他主政的东丹国里，还效法中原王朝的统治方式，实行汉族地主阶级的封建制度，使东丹国日渐强盛起来。这位东丹国主的做法，虽然得到了其父亲耶律阿保机的称许和支持，却遭到守旧贵族势力的强烈反对和攻击。耶律阿保机死后，耶律突欲在辽国无法站稳脚跟，被迫"载书浮海"，逃出自己的领地投奔了中原王朝金。金灭辽后，耶律突欲的后代又移居到金中都燕京（今北京），并在此定居发展起来。后来，耶律突欲的七世孙耶律履继承先祖的遗志，利用一切便利条件继续学习汉族文化，并担任金王朝国史院的编修，直至官拜尚书右丞。南宋绍熙元年（1190年）七月二十四日，耶律楚材诞生在这个深受汉族文化和儒家思想熏陶的封建士大夫贵族家庭。

耶律楚材出生时，他的父亲耶律履将近60高龄。晚年得子，耶律履十分感慨而欣喜，常常对周围的人说："吾将六十而得此子，吾家千里驹也，他日要成伟器，且当为异国用。"为此，父亲根据《晋书·列传》中"虽楚有才，晋实用之"的意思，为儿子起名"楚材"，表字"晋卿"。可惜，望子成龙的父亲却没能看到儿子成就一番名垂青史的宏图伟业，在耶律楚材很小时就离开了人世。耶律楚材在母亲杨氏的严格教习下，17岁时就博览群书，精通天文、地理、律历、术数及释老和医卜等多种学科。博学而又志存高远的耶律楚材，一直渴望有一片施展才能的天地，但不愿以显赫出身为自己谋求职位，因为按照金朝当时的制度，作为宰相儿子的耶律楚材能够直接补授为省掾官吏。不过，在例行考试中，面对考官关于疑狱案件的询问，耶律楚材引经据典、旁征博引，使考官非常欣赏他的回答，于是耶律楚材被授以省掾的官职。后来，蒙古大军攻占金中都灭了金国，耶律楚材就在自家老宅里隐居起来，苦心研读佛经，深入探究"以儒治国，以佛治心"的哲理，从另一方面丰富了他的哲学思想和政治思想。

对于耶律楚材的声名，成吉思汗早就有所耳闻，但由于他进入中都后事务

元太祖铁木真

元太祖字儿只斤·铁木真（1162—1227年），尊号"成吉思汗"，蒙古族乞颜部人，杰出的军事家、政治家。

繁杂，一直未能召见耶律楚材，直到他已领兵离开中都返回蒙古时，才急忙下诏让人专门赶赴北京的玉泉山去请耶律楚材。接到成吉思汗特意发来让他从军参政的诏书，耶律楚材深受感动，当即就从北京玉泉山居所出发，经过数十天长途跋涉，终于赶到位于克鲁伦河畔的成吉思汗行营，开始了他为蒙古王朝服务的政治生涯。

对于耶律楚材的认识，成吉思汗不愧为一代天骄，一见面就感到此人必将成为其王朝难得的贤良忠臣，于是就告诫他的儿子们说："此人，天赐我家。尔后军国庶政，当悉委之。"从蒙古太祖十三年（1218年）起，在风云变幻的30年中，耶律楚材当了元朝14年的中书令（相当于丞相职位），其间几乎元朝所有的军国大事，他都参与了决策和推行。特别是对于保护中原先进文化和农耕经济，以及改变蒙古军队嗜杀成性的残酷制度，耶律楚材通过自己的不懈努力，都取得了良好而积极的效果。当然，对于维护元朝中央集权制度的长期稳定和统一，也奠定了深厚的政治和经济基础。

据《元史》记载，成吉思汗一生戎马，手下将士也都嗜杀成性，每一场战争都使许多无辜百姓丧命于他们的弯刀之下。对此，耶律楚材每次听说都泪流满面，感到痛心不已，便亲自向成吉思汗提出建议，要求废除杀害无辜百姓的陋习和制度。史书记载在元太宗窝阔台率兵攻打汴梁（今河南开封）时，攻城大将速不台派人向元太宗请求说，由于城中军民顽强抵抗，不仅使自己军队的进攻受到严重阻碍，而且造成了大批将士的伤亡，并说一旦攻下汴梁城就要把守城的140万军民全部杀死。元太宗听说后也十分气愤，就毫不犹豫地答应了大将速不台的请求，而耶律楚材却坚决表示反对，并苦苦向元太宗劝说：我们的将士在前方浴血奋战，为的就是获得被征服一方的土地和人民。如果只有土地而没了人民，那我们占领那些土地又有什么用呢？

听了耶律楚材的一番话，元太宗一时犹豫不决，因为元军有一条恪守多年的规矩，那就是遇到顽固抵抗的军民，一旦破城就必须全部杀掉。见元太宗犹豫不决，耶律楚材知道他心里想着元军的旧制，就继续说道："奇巧之工，厚藏之家，皆萃于此，若尽杀之，一无所

元太宗窝阔台像

元太宗孛儿只斤·窝阔台（1186—1241年），大蒙古国第二任大汗。在位时任用耶律楚材为中书令，实行戊戌选试，起用中原文人，奠定元朝的基础。

获。"一听这话，元太宗才同意了耶律楚材的意见，从而避免了一次屠城惨案的发生。

深受汉文化熏陶的耶律楚材，不仅对先进的汉文化有很深的研究，对汉族知识分子也有深厚的感情。从某种意义上说，他既是元朝统治者的忠臣谋士，又是中原封建地主阶级的政治代表，更是中原先进汉文化的忠诚卫士。在元军南下伐金的过程中，蒙古诸王公将校往往把抓获的老百姓当作自己的奴隶来驱使，就连一些汉族读书人也难以幸免。耶律楚材为了扩大和巩固元朝的民族基础，就通过检查户口的方法把这些民户重新籍入国家的编民，使他们摆脱了当奴隶的悲苦命运。

同时，他还十分注意从俘虏中搜索那些有学问的儒生文士，一经发现就当即予以赦免，并积极推荐他们参加科举考试，使大批有真才实学的汉族儒生得以生还，还为他们提供了施展抱负的舞台，当然也为元朝稳定统治做出了贡献。博学的耶律楚材对汉文化经典文书十分关注和爱惜，曾经专门从蒙古赶往北京"搜索经籍"，使因为兵燹征战散失的许多文献得以保存下来。后来，元太宗根据他的建议还在燕京设立编修所，在平阳设立经籍所，专门负责编辑印刷汉族经典史籍，使大量珍贵文献得以流传后世。

历任成吉思汗、拖雷、窝阔台、乃马真后四朝中书令的耶律楚材，于乃马真后三年（1244年）五月十四日魂逝蒙古高原，享年才55岁。当时的元太宗窝阔台已经去世，真正称制掌权的是乃马真后，这个非凡的女人遵照耶律楚材的遗愿，不惜千辛万苦把他的遗体运回燕京故里玉泉山，并隆重地安葬在他生前就十分眷恋的瓮山泊（今颐和园昆明湖）之滨，与其同年先已去世的夫人合葬，后来元世祖忽必烈派人修建了他的墓祠。说耶律楚材非常喜欢玉泉山下这块"风水宝地"，绝对不是什么虚妄之言，因为他曾在《题新居壁》诗中有"旧隐西山五亩宫"之句。另外，由于他长期在玉泉山一带居住，对这里的山水有着深厚的感情，所以他在晚年还自号为"玉泉老人"。

耶律楚材为官清廉，为人也十分正直，一些嫉恨他的官吏在他死后就诬蔑说他家拥有财宝无数，简直可以抵得上朝廷的财富。虽然当时掌权的乃马真后不相信，但为了堵住一些人的口，就专门派近臣和诬蔑耶律楚材的人到他家中查验。不料，在这位手握重权多年的丞相家中，查验的人们见到的只有数千卷史书典籍，其他的空无一物，使诬蔑他的人顿感汗颜不已。

然而，就是这么一位忠于职守且对汉学颇有造诣，并设法保护汉族地主知识阶层生命和利益的一代勋臣，在元朝被推翻后，墓地也遭到了彻底的破坏，不仅祠堂被拆毁，里面的供器被盗光，就连坟墓也被铲如平地。据明人沈德符记载说，他的一位友人在京城外西山修造别墅时，偶然发现了一座墓冢，打开棺木后见其中有一个巨大的头颅骨，比平常人要大许多，接着又在附近掘出石碣，才证实是耶律楚材的坟墓。传说，当时还有石翁仲竖立于坟墓前，后来在一个夏夜由于有许多萤火虫聚集在那石翁仲的头上，发出闪闪绿光，当地老百姓出于迷信，就说那是石人的眼睛在发光，便群起把那座石

乃马真后

脱列哥那（？—1246年），即昭慈皇后乃马真氏，史称乃马真后，窝阔台汗的妃子。窝阔台汗去世后夺取政权，史称"乃马真摄政"。

耶律楚材祠大门

耶律楚材祠位于昆明湖东岸，建于元代，庭院中竖有一尊石翁仲及一座清代乾隆御碑。

人的头砸碎了，可当晚那些萤火虫又聚集在坟墓旁的树上，老百姓干脆把树也砍倒了。据说，老百姓之所以如此痛恨耶律楚材，完全是因为他们对元朝蒙古统治者的仇恨，而耶律楚材一生基本上为元朝统治者服务。当然，这不能说是汉族人的心胸狭隘，应当属于"恨屋及乌"罢了。

到了清乾隆十五年（1750年），乾隆皇帝修建清漪园时，发现了埋在这里的耶律楚材棺木等物。乾隆皇帝认为，元朝是少数民族入主中原而统治汉族的，而清朝也是少数民族入关统治中国的，因而对耶律楚材的历史功绩给予了充分的肯定和褒扬，决定恢复耶律楚材墓地，并在原地为他重新修建祠堂，以供后人瞻仰。可颐和园毕竟是清皇室的皇家园林，在这样的园地里出现一处异族人的坟茔难免有点不伦不类的感觉，于是就在坟墓的西侧修筑了一道围墙，从而把耶律楚材的坟墓圈在园林之外，并用土堆起了高高的坟茔。解决了这个问题，乾隆皇帝又命人在他的坟墓前建起三开间祠堂，祠堂中供奉着比真人略大的耶律楚材塑像，并亲自题诗，还树起了一通墓碑。在这通墓碑上，乾隆皇帝让当时的大学问家汪由敦撰写了碑文，内容是：

墓在瓮山好山园之东，昔年营园时，以其逼近园门故培土为山其上以藏之。闻其为楚材之墓久矣，使阅时而湮灭无传，岂所以褒贤劝忠之道哉？因命所司仍其封域之制，并为之建祠三间，使有奠馈中酹之地。并命汪由敦为碑纪而题之诗如左：曜质潜灵总幻观，所嘉忠赤一心殚。无和幸免称冥漠，有墓还同封比干。窀穸即仍非改卜，堂基未没为重完。摛文表德辉贞石，臣则千秋定不刊。

乾隆皇帝还令汪由敦写了《元臣耶律楚材墓碑记》，为的是"褒贤劝忠，用光幽壤"。碑文如下：

耶律楚材塑像

瓮山之麓有元臣耶律楚材墓一区，岁久弗治，渐就芜没。会其地近别苑，所司将有所营建，上特命覆以屋三楹，俾勿坏，而敕臣由敦记之。臣谨按元史，楚材事元太祖、太宗，历三十余年，时方草昧，一切定赋税，分郡县，籍户口，别军民，皆其所经理。尝谓治弓尚须用弓匠，治天下安可不用天下匠？遇所不便于民，必力争不少屈，至有厌其为百姓哭者。卒赖其规画，法制粗立，民得宁息。故论有元一代名相，必以楚材为称首。顾阅世久远，迹渐湮没，当日丰碑高冢已翳为荆榛，几莫有过而问焉者。王士禎裂帛湖诗已有"谁吊湖边耶律坟"之慨；而赵吉士寄园所记并云"遭掘于摸金之手"。则此荒垄之仅存，其不致荡然磨灭尽也，难矣。乃一旦沐圣天子表彰培护，不唯不以在苑侧为嫌，更为之界以垣墉，盖以檐宇，较之贞珉绰楔而愈垂不朽，斯岂楚材当日意计所能及哉？昔唐元和中因白居易一言而为魏徵子孙赎赐第，史册书之以为盛事。然此犹第加恩于本朝勋旧，而于前代无与也。我皇上乃施及于异代之臣，虽远至四五百年，犹为之表遗墟而存故迹，褒功崇德之圣心，诚有度越前古万万者，固不徒以泽及枯骨广收恤之仁而已。史称楚材精术数，其卜兆于此也，岂真预知身后必膺荣遇，抑亦其功烈所存，有不容终泯者？然使不遇我皇上眷怀贤哲，安望于世远年湮之后勿堕而益传？则是举也，固为楚材幸，而圣天子所以教忠劝功，大彰瘅而示风励，直使百世下咸知感奋，尤当大书特书以垂示无及者也。臣得承命纪斯盛举，实不胜欣幸，拜年稽首而书诸石。

对于这样的碑文，也许读者不会有什么兴趣，但从中依然不难看出清王朝统治者对耶律楚材的推崇。

写这么一节内容，只是因为它是颐和园中不应该忽略的一个内容。

依然是昨天的故事

颐和园迎来今天的明媚，并不表示它的昨天也同样灿烂无比。讲述昨天的故事，特别是回忆那辉煌或沧桑的过去，不为别的，只是想告诉人们一段过去，一段关于颐和园的历史。历史虽然不是人所能设计，但许多时候比人的设计还要巧妙。欣赏这种巧妙的设计，还是从这些昨天的故事开始吧。

◎ 建一座宫苑做寿礼

也许人们不能想象如此宏大而又精致的颐和园，曾经是作为生日礼物送给一个人的。享受这份厚礼的，是在中国历史上无数后妃中不显山露水的崇庆皇太后，也就是声名显赫的乾隆皇帝的母亲。当然，送礼的就是她的儿子，自誉为"十全皇帝"的乾隆。以这种方式表示孝心的，恐怕只有帝王宦家才有条件，平民百姓家能吃上一碗长寿鸡蛋面也就知足了。那么，我们暂且不管这种祝寿的方式是否奢侈，至少它留下了一处供今天人们旅游休憩的园地，这应该是乾隆皇帝不曾想到的。

确切点说，乾隆皇帝送给母亲的寿礼叫清漪园，就是今天颐和园的前身。乾隆十六年（1751年）是乾隆皇帝母亲的60大寿，平日里对母亲十分恭顺孝敬的乾隆皇帝，早想以一种特别的方式来为母亲祝寿。除了以往那种大摆筵宴、赏赐近臣、游园看戏等活动外，如果能留下一点永久性的纪念，也许是一个不错的想法。于是，乾隆皇帝想起两年前派人踏勘、改造的瓮山和西湖那一带造园绝地，遂决定建造一座园林送给母亲。

瓮山不高，只有不足60米，但它却是从北方山区进入北京平原的最后一道山脉。西湖，最初是先人挖掘的人工湖泊，乾隆十四年（1749年）北京数万民工利用冬季农闲时疏浚了已经有些阻塞的西湖，并借机将湖面向东进行拓展，辟出一个南湖岛，并加固了高大结实的东堤用以拦截玉泉山东流的水系，形成调节北京城市用水的水库的同时，也成了乾隆皇帝造园的一处经典。

乾隆皇帝还按照自己的意愿，把挖出的泥土堆放在瓮山东麓，使原本不对称的瓮山变得东西两坡都舒缓对称起来。这样，当然也是为了便于在山上修造各种建筑，增添造园意境。同时，乾隆皇帝又命人在湖西修筑了一道分界湖水的长堤，就是今天美丽的西堤。在西北还开挖了一条沿万寿山后坡曲折弯转的水道，形成了今天的后湖。这些工程的实施，使瓮山和西湖地区渐渐形成了一处绿水环山的

清世宗雍正孝圣宪皇后像

清世宗孝圣宪皇后钮祜禄氏（1693—1777年），满洲镶黄旗人，加封一等承恩公、四品典仪官凌柱之女，雍正封其为熹贵妃，乾隆皇帝即位后尊为圣母皇太后，上徽号曰崇庆皇太后。

造园绝地。

造园的山水形势修整后，乾隆皇帝开始把他多年巡游江南园林的见识用于这片地势的营造上。于是，金碧辉煌的宫殿、耸入云端的楼塔、精巧别致的轩馆、筑造精美的桥亭等建筑接踵而起，使这片天地充满了诗情画意。诗情画意的美景，还需有美名相匹配。于是，乾隆皇帝把瓮山改名为万寿山，把西湖更名为昆明湖，并在万寿山南麓圆静寺旧址上，为他母亲建造了一座大报恩延寿寺。

如今，在万寿山前山有一座八面三层四重檐的佛香阁，以它为中心形成了巨大的主体建筑群，从山脚下的"云辉玉宇"牌楼，经排云门、二宫门、

大报恩延寿寺（局部）

此图出自清乾隆年间绘《崇庆皇太后万寿图》，故宫博物院藏。咸丰十年（1860年）英法联军焚掠西郊三山五园，大报恩延寿寺建筑群除转轮藏、宝云阁、智慧海外，其余木构建筑悉数被焚毁。

排云殿、德辉殿、佛香阁一直到山顶上的"智慧海",形成一种层层上升的气势。站在山下向上仰望,那壮观的气势煞是震撼人心。而登上顶峰向远处眺望,三千亩昆明湖碧波荡漾,那耸楼、绿岛、小桥、长堤,使人心旷神怡。对此,乾隆皇帝十分得意,曾经挥毫即兴题诗赞道:

何处燕山最畅情,无双风月属昆明。

为了纪念这件事,乾隆皇帝还在一篇名为《万寿山昆明湖记》中说:

得泉瓮山而易之曰万寿,云者则以今年恭逢皇太后六旬大庆。

大报恩延寿寺建成后,他又写道:

喜值皇太后六旬初度大庆,敬祝南山之寿。

从此,在一些文章和人们的意识中,瓮山和西湖的名字就渐渐被淡忘,而万寿山和昆明湖则一直沿用至今。

面对昆明湖清纯旖旎的湖光山色,乾隆皇帝把这座园林命名为清漪园。其实,修建清漪园所用时间并非三两年的工夫,而是先后用了15年的时间,并耗费近450万两白银。这项规模浩大的"礼品工程",自始至终都是乾隆皇帝亲自主持,并由内务府样式房秉承他的意图担任设计工作。今天,从颐和园的总体布局来看,这确实是中国古典园林的典范,它完美地继承了中国传统造园"虽由人作,宛自天开""巧于因借,精在体宜"的艺术精髓。那3000多处亭、台、楼、阁、轩、馆、廊、榭、寺、庙、桥、舫等建筑,依循自然山水的走势,非常合理地点缀于万寿山和昆明湖之间,简直把中国古典园林的修造艺术

推向了顶峰。

　　好大喜功的乾隆皇帝，仅这次为母亲祝寿就花费白银数百万两，还不包括修建清漪园等工程。不过，这种皇家的奢靡喜庆，都是建立在当朝劳动人民沉重负担之上的。虚假的繁荣，造就了乾隆皇帝虚荣的心性，等到他禅位当太上皇时已使国库入不敷出了。有人说腐败能亡国，那么乾隆皇帝大肆铺张浪费之后留给儿子嘉庆皇帝的又是怎样一个朝政呢？贪污腐败成为风气，夸富斗阔成了时尚，人们丧失了进取的奋斗精神，拥有的只是贪图享乐的颓废。所以，嘉庆皇帝虽励精图治，犹不能使颓败王朝中兴起来，就连他一直耿耿在意的"守成之

万寿山前山全景

　　万寿山前山以佛香阁为中心，组成了巨大的主体建筑群。从山脚的"云辉玉宇"牌楼起，经排云门、二宫门、排云殿、德辉殿、佛香阁直至山顶的"智慧海"，形成了一条层层上升的中轴线。

君"名号，许多后人也懒得戴在他的头上。这是一种悲哀，悲哀来自乾隆，来自他的虚荣和浮华。

◎ 乾隆皇帝南巡的"成果"

写乾隆皇帝南巡的"成果"，我们不能不讲康熙大帝南巡的作用。虽然两者表面上的目的相似，或者说乾隆皇帝是效仿康熙大帝的行为，但实质效果却截然不同，也许是时代变了，也许是两个人的情趣根本就不相同。那么，到底应该如何看待这祖孙二人的南巡事件呢？

康熙大帝一生6次南巡，第一次是在康熙二十三年（1684年），最后一次

是在他53岁时。康熙南巡的故事很多，不仅在民间有关于他微服私访的传说和演绎，就连许多文书档案中也有这方面的记载，而今许多文艺影视作品里更是俯拾皆是。康熙南巡大约有3个目的，其效果也是比较明显的，特别是对稳定当时的政权起到了不容忽视的作用，这也是他南巡的首要任务。清朝入主中原在全国建立统治政权，应该说得益于闯王李自成首先推翻了明朝统治，否则多尔衮还要浴血奋战几年。所以，清军占领北京的时候，江南大片领土依然控制在明朝皇裔和旧臣手中，并在江南地区先后组建过南明福王、鲁王、唐王、桂王等政权，他们深得江南民众人心，拥有强大的武装力量。清朝初年，满洲

八旗勇士在统一江南的斗争中，本以为应该出现摧枯拉朽的喜人局势，不料却遭到南明势力的激烈反抗，就连清朝委派的江南总督汉人洪承畴也难以站稳脚跟，最后被迫引咎辞职了。而为清军入关抢占北京和扫平江南立了头功的吴三桂，在江南地区也并不安分守己，他联合另外两位藩王掀起"三藩之乱"，差点颠覆了清朝统治政权。虽然"三藩之乱"后来失败了，但其残余势力与民间抗清武装联合起

《康熙南巡图》之"江宁阅武"（局部）

清王翚等绘制，故宫博物院藏。江宁即今南京，当时南方的经济、政治、文化中心，明朝初期的都城，朱元璋孝陵所在地。江宁阅武，有彰显武功之意

来，反清排满的斗争一刻也没有停止过，可以说是此起彼伏，风起云涌。特别是一支头裹白布的"白头军"，坚持反清斗争十多年，屡屡打破清军征剿，使康熙王朝颇费心力。

历史潮流奔涌向前，卷起的几朵浪花被吞没了，但平静的表面却隐含着危机。这一点，雄才伟略的康熙大帝心里非常明白，他知道做好稳定江南的工作是朝廷的头等大事。于是，康熙大帝南巡不仅用免除百姓税粮的方法来收买、安定民心，而且十分尊重那些顽固的明朝遗老遗少，对他们待若上宾。特别是

康熙大帝没有掘毁明太祖朱元璋在南京的孝陵，还先后5次十分虔诚地前去拜谒，使江南民众深受感动。这些措施的实行，对稳定江南民心、巩固清朝的皇家统治起到了不可低估的作用。

视察江南漕运工程，是康熙南巡的另一目的。清朝定都北京，北京在成为全国政治中心的同时，也成了满洲八旗贵族和兵丁的聚居地。众多人口聚集北京，特别是耗费奢靡的皇家贵族们，仅他们每年消费的粮食就需要数百万石，由于北方粮食产量不足，要通过漕运的方式将粮食从江南运到京师。为了保障

《康熙南巡图》之"江南贡院"（局部）

清王翚等绘制，故宫博物院藏。当时江宁（今南京）的江南贡院又称南京贡院、建康贡院，是中国历史上规模最大、影响最广的科举考场，中国南方地区开科取士之地。康熙南巡到江南贡院，其意不言而喻

漕运航道的畅通无阻，康熙大帝不仅加派得力官员整修河道，还亲自南巡，以便督促解决南粮北运问题。

整饬吏治、访求贤才，是康熙南巡的第三个目的。龙盘虎踞的江南大地，既是建立新政权的用兵用武之福地，向来也是人文荟萃、人才辈出的灵杰之地。作为少数民族入主中原的满族统治者，康熙大帝深知稳定、治理好这么一片国土，绝对离不开人口占全国绝大多数的汉族人的支持，特别是汉族地主阶层和知识分子的支持。所以，康熙大帝每次南巡都十分注意访求江南名士，遇有贤德之士往往破格予以录用。

在访求贤才的同时，康熙大帝还曾多次微服私访，暗察各地吏治民情，对于清正廉洁、功绩卓著的官员予以褒奖，对于贪赃枉法、失职渎职的庸碌之辈严加惩办，并以此谆谆告诫各级官员要体察民情、廉洁奉公。康熙大帝这些措

南京鼓楼《圣谕碑》

此照片拍摄于清代末年。《圣谕碑》立于康熙二十四年（1685年），时任两江总督王新命、江苏巡抚汤斌、安徽巡抚薛柱斗等率辖下府县官员，联名树"戒碑"于城中鼓楼之上。

施的实施，都较好地保持了他统治期间清明的政治态势。今天南京鼓楼上有一块名曰"戒碑"的石碑，是以江南总督王新命为首的官员们联名树立的，内容刻记的就是康熙大帝南巡告诫官员要廉洁奉公的"圣谕"。

康熙大帝的南巡，在很大程度上达到了自己的预期目的，主观作用也是积极的。而乾隆皇帝效仿康熙大帝也来了个6次南巡，却在不自觉中助长了官场和社会上的奢靡风气，并给沿途民众增添了沉重负担。如果说，乾隆皇帝6次南巡也有什么成果的话，那就是把江南秀丽的园林移植到了中国北方，丰富了中国的皇家园林艺术，颐和园就是其中的典范。这种"成果"，不仅有点得不偿失，简直与康熙大帝的南巡不可同日而语。我们一同跟随乾隆皇帝下一次江南，去领略一番江山如画的江南美景，当然也别忘了品尝品尝他南巡的"成果"，虽然苦涩，却能够加深一种记忆。

乾隆皇帝南巡的目的，用他自己的话说是"莫大于河工"。其实，乾隆年间河南境内的黄河曾经8次决口，而他6次南巡却没有到过河南一次，这不仅与他自己的话不相符，也无法与康熙大帝南巡视察黄河堤坝的行为相提并论。那么，乾隆皇帝不厌其烦地一次次跑到江南到底都干了些什么呢？分析他南巡的"成果"，大约有这么几项：一是显示奢华的皇家气派；二是搜刮民间的奇珍异宝；三是徒增江南人民的负累；四是享受"江南名胜甲天下"的美景。

乾隆皇帝的南巡，分水陆两条路线。陆路用车500余辆，马匹数千，车队绵延数十里，沿途征用民夫数以万计，那声势可以说是空前绝后。水路南巡，皇家用船多达千艘，船队首尾相接，旌旗招展，鼓乐喧天，那气势真是蔚为壮观。

面对乾隆皇帝的南巡，地方官员极力搜刮民间珍宝古玩，奉献给皇家，以博得乾隆皇帝的赏识。虽然乾隆皇帝每次南巡前都要求各地官员"各守本业，力屏浮华"，但他又褒奖那些进贡的地方官员，这实际上是一种默许，起到了

《乾隆南巡图》之"启跸京师"（局部）

清徐扬绘制，国家博物馆藏。卤簿是帝王出行时的仪仗队。画面中出现了朝象、宝象和"天子五辂"，可见其声势浩大。

鼓动的作用。于是，各地官员争相搜刮珍宝以奉献皇家，使许多珍宝都汇聚到北京的皇家宫苑中来。

为了博得皇家欢心，地方官员不仅大肆搜刮民脂民膏以奉皇差，还征调民夫进行规模浩大的拆建工程，对许多有碍观瞻的街道进行改造，甚至彻底拆毁，而补贴农家的银两则极为有限，无形中给江南人民带来了沉重的负担。

经过首次南巡之后，乾隆皇帝对江南美景流连忘返，到处巡游观赏各地的美景佳地，许多地方的园林还不止玩赏过一次，仅为观潮，6次南巡中就有5次前往浙江海宁。特别是对江南的园林，乾隆皇帝更是百看不厌，回到北京后还积极效仿江南园林营造自家的皇家园林，在北京几处园林中都可以找到江南园林的影子。

没人计算过乾隆皇帝6次南巡的花费有多少，但从当时流传的一则故事中可以知晓一二。据说，湖州有一位姓赵的知州，为官清廉，从不奢靡，深得百姓拥戴。当听说乾隆皇帝南巡将经过湖州时，他十分为难，因为实在拿不出什么东西进贡给皇帝，又不愿从民间搜刮，于是他急中生智命人把船只沉没于河底，使龙船无法通行，乾隆皇帝最后只得绕道而过。后来，这位赵知州离职回乡时，当地百姓哭送数十里路，依依惜别的爱戴之情感人至深。这从一个侧面反映了人民对乾隆皇帝南巡的厌

《乾隆南巡图》之"驻跸姑苏"（局部）

清徐扬绘制，国家博物馆藏。画面中的乾隆在大批侍卫的簇拥下进了城门。城门两侧跪着江南巡抚、总督、知府等高官，城门的左侧还置放了香案，右侧的戏台正在唱戏。过桥侍卫在开道，两侧也是跪着迎驾的官员，这些官员品级较低

恶，因为那实在是皇家的享受、民间的苦难。

然而，当时朝廷自视物阜民丰，再加上乾隆皇帝好大喜功的本性，根本对民间疾苦采取不闻不问的态度，到江南巡幸游乐依然如故。只是到了晚年时，他才在小范围内做自我批评说："六次南巡劳民伤财，实作无益有害。"并告诉近臣说，今后对后主的南巡行为一定要加以劝诫。

康熙大帝6次南巡成效明显，而乾隆皇帝6次南巡却有百害而无一利。如果一定要总结出乾隆皇帝南巡的成果，那么以颐和园为代表的皇家园林丰富了中国的园林艺术，也许还能够评说一番。仅此而已。

◎ 借一个江南好享乐

古语说：仁者乐山，智者乐水。乾隆皇帝属于仁者还是智者，我们姑且不论，但他对中国江南那有山有水秀丽园林的痴迷，实在不是普通人所能比的。特别是他不惜耗费巨资把江南园林移植到北方的做法，只能给世人留下一个享乐主义的印象。

联合国教科文组织世界遗产委员会把世界园林分为两大类型，一类是建筑型，另一类是风景型。建筑型园林多在西方，风景型园林则属于东方，而中国又堪称是东方园林的创始者，它不仅影响着东方的园林建筑，在世界园林史上也占据着极为重要的地位。在这里，我们且不多说西方园林艺术有何特别之处，只想对中国的园林做点分析。之所以有这种想法，是因为中国的园林艺术思想深邃，风格也有南北之分，各具特色，但江南园林又对北方园林有着极为深刻的影响。江南园林多集中在南京、杭州、苏州和扬州等地，而北方园林代表则在北京、西安、洛阳和开封等古都旧城。两者虽然各有千秋，但客观点说，北方园林在许多方面确实是南方园林的翻版。这一点，我们只要看一下北京的几处皇家园林，特别是清朝遗留下来的园林，就

不难明了了。当然，谈到这种影响又不能不提
到乾隆皇帝，或者干脆说这种影响就是他给带
来的。

　　乾隆皇帝6次南巡，每次都对江南园林赞不
绝口，一直渴望把江南的园林艺术移植到北方
来，以便自己朝夕游赏。但是，乾隆皇帝对江
南园林的仿造绝不是简单模仿，而是一种神似
模拟或者说是借题发挥，总在相似与不似之间。
虽然北方园林风景大多逊色于江南园林，但因
为它是当朝统治者所营建，所以可以凭借雄厚

谐趣园一景

　　谐趣园原名惠山园，
是乾隆十六年（1751年）
仿造无锡惠山江南风格的
私家园林寄畅园建造的，
嘉庆十六年（1811年）改
为谐趣园，被认为是最
具江南特色的古典园林。

的经济实力和政治影响，极力克服北方园林的弱势，既模仿江南园林的秀丽，又建造得富丽堂皇，给南方民间园林艺术赋予北方皇家园林色彩，形成其南北融合的特有风格。

当然，乾隆皇帝把江南名胜移植到自家御园里的同时，虽然在选景、题名等方面力求新颖别致，拒绝与别处雷同，但也有模仿甚至是抄袭的成分，如圆明园中的安澜园、长春园及避暑山庄的狮子林，都是如此。对此，乾隆皇帝却一点也不避讳，如他在第二次南巡时，就专门携带元人倪云林的《狮子林图》去游览苏州的狮子林，并对照图纸仔细欣赏了园内的所有景点，后来在修建

长春园狮子林水关遗址

狮子林在长春园东北角，是乾隆帝南巡游苏州后，仿照苏州同名园林添建，乾隆三十七年（1772年）建成。咸丰十年（1860年）被英法联军烧毁，现仅存虹桥及水关、水门遗址。

北京长春园内的狮子林时就基本上是仿造苏州的狮子林，并在一首诗中明确地说："此间邱壑皆肖其景为之。"而在避暑山庄修建文园狮子林时，乾隆皇帝干脆把长春园狮子林的景点名称统统照抄过来，如虹桥、云林石室、蹬道、占峰亭、纳景堂、清闷阁、藤架、清淑斋、小香幢、延景楼、探真书屋、画舫、横碧轩、水门等，完全与其相同。按说，对园林中风景点或观景点的题名，是表现中国园林艺术的特有手法，它既能起到画龙点睛的作用，把园林中景观的绝妙之处轻松点破，又能使景物进入一种诗的意境，从而在不经意间增加园林的欣赏韵味和艺术感受。而乾隆皇帝这么一个附庸风雅之人，何以就忽略了园林的这种艺术效果呢？

不过，乾隆皇帝对江南园林的模仿确实没有刻板地照葫芦画瓢，而是根据不同情况进行不同的仿造。只能说是仿造，因为它毕竟是一种模仿。细细品味乾隆皇帝对江南园林在北方的仿造成果，大约有这么3种形式：一是刚才所说的把景点和景点名称统统照搬过来。这一点，我们最好以已经被英法联军掠毁的圆明园来作例证，因为传说圆明园内40个景点中有许多名称就是江南园林的景点名称，确切点说与杭州西湖有10景是相同的。如"苏堤春晓""平湖秋月""柳浪闻莺""三潭印月""雷峰夕照""曲院风荷""双峰插云""南屏晚钟""花港观鱼""断桥残雪"。再如，苏州的"狮子林"、海宁的"安澜园"、绍兴的"兰亭"等都可以在北京的皇家园林中找到鲜活例证，更别说避暑山庄中有苏州的"笠云亭""千尺雪"和嘉兴的"烟雨楼"，以及杭州的"一片云"等，那简直是不差分毫地"剽窃"。

第二种是仿造后重新命名。乾隆皇帝第一次下江南来到无锡惠山寄畅园游玩时，对这里的园景给予极大赞誉。他说："江南诸名墅，惟惠山秦园最古。"这里的秦园就是今天的寄畅园，其名称的改变是当年康熙大帝南巡时赐题的。于是，乾隆皇帝在修建清漪园时，又专门派人第二次到江南把无锡惠山的秦园画成图纸，然后按照图纸在北京进行了全面仿造，并说"喜其幽致，携图以

谐趣园知鱼桥

谐趣园原名惠山园，嘉庆时期改为现名。园内有5座桥，以知鱼桥最为著名。桥名出自庄子和惠子"子非鱼"的典故。入口小牌坊上还刻有乾隆帝的题额和楹联。

归，肖其意于万寿山之东麓，名曰惠山园"。

乾隆皇帝对江南园林仿造的第三种形式，是直接把江南的景物搬到北京来。乾隆皇帝第一次下江南时，对宋朝修建的德寿宫遗址中一块梅花石碑"抚摩良久"，石碑上刻有南宋时曾移植到这里的一株苔梅和一块山石的图画，虽然当时那株梅花早已枯萎不存，唯有那山石尚在，可乾隆皇帝对那块石头情有独钟，抚摩良久不愿离去。当地官员见状，立即明白了主子心思，于第二年正月就把那块山石运到了北京。乾隆皇帝见到那块石头时，虽然假意责怪自己当时没有提醒不必如此，但又说"念事已成，留置御园"吧。后来，这块山石就置放在长春园的茜园之中，并为它起了一个别致而又清新的名字，叫"青莲朵"。对此，乾隆皇帝多次题诗记述这件事，借以抒发自己的怀古幽情，还专门派人摹刻了两块石碑，分别放置于杭州德寿宫遗址和长春园的茜园内。这，也许是乾隆皇帝想减少他人对此事的臆测吧。

其实，中国的造园手法很多，大体可以分为这么几类：一是巧妙利用自然山水建造；二是在平地进行设计后建造；三是将神话传说中的景物变为现实；四是以绘画文艺作品为蓝本建造。乾隆皇帝对江南园林的仿造，同样没有超越这几种形式，首先我们来看一看巧妙利用自然山水建造园林的范例避暑山庄。

避暑山庄总面积有8000多亩地，其中有山、有水、有湖、有林、有泉，当然还有特意建筑的宫殿风景。在如此广阔的地界里，康熙大帝和他的孙子乾隆皇帝经过精心构思，把园内众多山水进行了巧妙的排列组合，使这类园林达到了一个新的境界。特别是祖孙二人对园内诸多景点分别题名的做法，更使园林增色许多。后来，虽然出于某种政治原因在山庄周围建造了"外八庙"，但并没有破坏原有的园林景致，反而使山庄成为塞外独具山水特色的皇家园林之经典。

在平地上建造园林比较多见，规模最大的当数圆明三园（圆明园、长春园和绮春园），其有名称的景点就有420多处。而最具特色的平地园林，当数北京西郊的泉宗庙。泉宗庙，其实并不是什么庙宇，而是一处以山水为主体的美

青莲朵

青莲朵是一块太湖石奇石，原是南宋德寿宫旧物，乾隆南巡时发现此石，非常喜爱，当地官员见状，将其运到北京圆明园，现藏中国园林博物馆。

妙园林，当然这也是乾隆皇帝的杰作。据说，因园林中有28眼泉水，故而得名。多年前笔者有机会到泉宗庙一游，当地一位老人细细数点着那28眼泉名，虽然不是很齐全，但也着实让人感动。他说的那些泉水名称为：澎泉、屑金泉、冰壶泉、锦兰泉、规泉、露华泉、鉴空泉、印月泉、桃花泉、琴脉泉、杏泉、澹泉、浏泉、漪竹泉、柳泉、枫泉、雪津泉、月泉、一贯珠泉等。

将神话传说中的景物挪到现实生活中，完全是想表达人们的一种美好愿望。虽然圆明园依然是这类园林的最好范例，但我们不想冷落本书的主人公——颐和园，因为其中同样有这种实例，那就是昆明湖和其中的3座岛屿。据《史记》记载：

泉宗庙石牌坊

泉宗庙位于海淀区万泉庄，始建于乾隆三十一年（1766年），是著名的皇家园林，专祀泉神。咸丰时期逐渐衰落，民国时期只剩残址。民国二十年（1931），张学良为其父张作霖营建坟墓需要建材，将泉宗庙残留的石牌坊拆运到辽宁抚顺雨亭纪念公园。

《圆明园四十景图》之"曲院风荷"

　　清乾隆九年（1744年）唐岱、沈源绘制。曲院风荷位于杭州西湖西侧，是当地一处名胜。乾隆南巡时喜欢此景，在圆明园中仿建此景。主体建筑为五开间曲院风荷殿，其西有佛楼洛伽胜境，跨池有一座9孔的石桥。咸丰十年（1860年）被英法联军烧毁

（秦始皇）使人入海求蓬莱、方丈、瀛洲，此三神山者，其传在渤海中。

颐和园的这种构园设计，无疑是这一神话的最佳体现。参照文艺绘画作品建构园林的，似乎以苏州狮子林最为典型，因为那是元朝大画家倪瓒（云林）的杰作。后来，乾隆皇帝在圆明园的长春园里也效仿苏州的做法，使今人有了评说他仿造江南园林的例证。

乾隆皇帝确实是一个爱享乐、会享乐的人，但享乐有时也许不是什么坏事，就如乾隆皇帝借一个江南来北方享乐一样，不仅留下了一处世界文化遗产供世人来品味，无意中还推动了中国皇家园林的发展。

◎ 不能不提的伤心事

在中国近代史上让人切齿的事情实在太多了，第二次鸦片战争就是其中之一。而把这种伤心事归列为英法联军的罪孽，一点也不为过。

被称为"战乱皇帝"的咸丰，即位之初，广西金田就爆发了声势浩大的农民起义，那是洪秀全领导的，后来发展为震惊中国的太平天国运动。这场运动到底给咸丰王朝带来了怎样的震撼，历史早已做了证明。因为定都天京（今南京）并被叫作太平天国，就已经说明那是与咸丰王朝分庭抗礼的又一个政权的诞生。为了剿灭太平天国，清王朝可谓费尽心血，一批批自以为神勇无比的清军将领被太平军打得丧魂落魄，就连曾国藩面对太平军也曾束手无策，多次被打得狼狈不堪，甚至还为此跳进长江自杀过，只是有人及时救起了他，使这段"闹剧"成为人们的一段谈资。而一直窥视着晚清中国这块肥肉的西方列强们，早对中国国内的动乱注视已久，他们认为再次侵略中国的时机已经成熟。于是，英法两国无端挑衅，并联合发动了新一轮的侵华战争——第二次鸦片战争。

咸丰皇帝像

　　爱新觉罗·奕詝（1831—1861年），中国历史上最后一位有实际统治权的皇帝，在位时虽勤于政事，企图重振纲纪，但内忧外患的清王朝已无法挽救。

　　内忧外患的清王朝，无法剿灭国内的太平天国军队，却向来就对外国侵略者心存惧怕，被逼无奈勉强迎战，结果自然是一败涂地。最终，只有通过签订不平等条约来满足侵略者的欲望，而填充这种欲望的又只有割地赔款、出卖国家主权。可这一次，英法联军却没有像以往那样好对付，他们要自己到中国的京城里去溜达一圈儿，到处搜寻一番，看看一直以天朝自居的清王朝到底有什么宝贝，届时尽可能地席卷回去供自己的国王或者女人、孩子们细细欣赏把玩才好。于是，在《天津条约》签订后不久，英法联军不再怜惜清政府的可怜状，

迅速把战火烧到京津地区，并轻而易举地攻占了大沽炮台，随后从白河长驱直入，一举攻陷天津卫。

英法联军兵临北京城下时，正在西郊圆明园里享乐的咸丰皇帝知道败局已定，便拿定主意准备一走了之。至高无上的皇帝逃跑不能叫作逃跑，那得找一个堂皇的理由，于是到热河打猎的借口便被提了出来。当然，皇帝打猎也不叫打猎，而叫"北狩"。准备"北狩"的咸丰皇帝，留下平日里老跟他作对的年仅28岁的弟弟恭亲王和一些不远不近的大臣全权负责处理京城一切事宜之后，便带着皇后、嫔妃、皇子和一班亲王大臣从圆明园向热河仓皇逃窜。据史料记载，荒淫的咸丰皇帝临行时并没

掉转炮口的清军大炮

此照片拍摄于1860年10月21日，英法联军随军记者费利斯·比托拍摄。英法联军占领北京后，安定门迤东的内城北垣上的清军大炮被掉转炮口朝向城内，城墙内建筑是雍和宫。

有忘记到热河之后如何享乐，甚至把豢养在圆明园里的大批麋鹿驱赶同行，因为那是壮阳的最好补药。

紫禁城的主人已经逃走，留下的人自然就成了无主的奴才，面对骄横的英法联军，只能答应他们的一切无理要求。在英法联军索取了被清政府扣押的巴夏礼等人后，便开始肆无忌惮地大举进攻北京城。无能的清军根本无心抵抗英法联军的进攻，基本上是虚晃一招后便望风而逃，而安定门的守军连侵略军的面还未见到就很听话地把安定门交给了对手。在安定门上已经换了岗的英法联军，在巴夏礼的授意下竟把大炮架设在城墙上，完全控制了安定门附近的形势。

成为胜利者的英法联军开始向失败的清政府发号施令，要求赔偿英国30万两白银作为在与清军作战中牺牲或受伤士兵的抚恤，然后交换《天津条约》的批准书，并签订一些由他们制定的续增条款。可怜而又无能的清政府在被侵略者一次次榨取后，偌大的国库里连30万两白银都凑不齐，最后只好以中国海关关税进行逐年偿还。至于侵略军提出的其他无理条款，清政府基本是一律照办不误，简直成了任人宰割的羔羊。

对已经成为羔羊的清政府，英法联军的屠刀自然不会客气。于是，纵兵任意抢劫3天后，联军总司令又下令把北京城划分为各个区，供联军各部队分别占领，以便于公平抢劫。英法联军的抢劫可谓是穷凶极恶，不仅搜刮了北京城里王公大臣们的宅第，就连一般平民百姓的家也被洗劫一空。而昔日森严的皇宫紫禁城，这时已经成了英法联军司令部的所在地，其中也不知有多少无价之宝被抢劫掠走。一位侵略者在他的人生暮年时写了一本书，书中详尽地讲述了当年参与北京抢劫的全过程，并自豪地声称，自己之所以拥有一生享受不尽的财富，那完全是在北京发的财。他说，这笔财富使他自己过上了一生富贵宽裕的生活，就连他的子孙也都沾了光。可以想象，这位侵略老兵到底在北京抢了些什么，北京又遭受了怎样的劫难。

被烧毁前的颐和园昙花阁

此照片拍摄于1860年10月18日，英法联军随军记者费利斯·比托拍摄。此时的昙花阁虽被洗劫但未被烧毁。清光绪十六年（1890年）在原址上改建了仅一层的景福阁。

如果只是抢劫，地大物博的中国也许还能经得起一阵劫掠，但无恶不作的英法联军还对中国妇女们犯下了不可饶恕的罪恶。当年，英法联军侵入北京后不论老幼只要是女人，就被强行关押在一处，专门供侵略者肆意欺凌侮辱，许多刚烈女性不堪受辱，纷纷采取决绝手段自杀而亡。即便苟且活下来的，也都背负着沉重的屈辱，那是她们一生都不会忘记的耻辱。

当然，铭刻在所有中国人心中的耻辱，还有圆明园和颐和园等皇家园林遭受的毁灭性毁坏。英法联军占领圆明园后，法军司令孟托邦在给法国外务大臣的信中说：

予命法国委员注意，先取在艺术及考古上最有价值之物品。予行将以法国极罕见之物由阁下以奉献皇帝陛下（拿破仑三世），而藏之于法国博物院。

英军司令格兰特也不甘示弱，他向英国政府写报告说：为了不让军队受到放肆劫掠而败坏士气的影响，他只派遣军官们去尽可能地收集应归于英国人的物品。随即他下令把军官分为两部分，一部分在第二天上午去圆明园抢掠，另一部分下午去。这样，大规模的掠夺和焚烧活动便开始了。

被炮轰后的颐和园治镜阁

此照片拍摄于1860年，英法联军随军记者费利斯·比托拍摄。治镜阁虽遭英法联军炮轰，但主体幸免于难，后因无力修复而荒圮。光绪年间重修颐和园时，拆除构件用于修复其他建筑，现仅剩基座。

当时圆明园被劫掠的情况，中国人没能亲临目睹，也无从全面真实地记录下来，但可以从一些当事人的零星记载中去了解。如法军司令孟托邦的翻译官埃利松在《翻译官手记》中有这样一段自白：

这一大群各种肤色、各种式样的人，这一大都地球上各式人种的代表，他们全都闹哄哄地，蜂拥而上，扑向这一堆无价之宝。他们用各种语言呼喊着，争先恐后，相互扭打，趺趺撞撞，摔倒又爬起，赌咒着，辱骂着，叫喊着，各自都带走自己的战利品。初看起来，真像是一个被踢翻了的蚂蚁窝，那些受惊了的好干活的黑色小动物都带着谷粒、蛹虫、蛋，或者口含着麦秆向四面八方跑去。有一些士兵头上套着皇后的红漆箱，另一些士兵则身上都缠着织锦、丝绸，还有一些士兵把红宝石、蓝宝石、珍珠和一块块的水晶石放在自己的口袋里、衬衫里、帽子里，甚至胸口上都还挂着用大珍珠做成的项链。再有一群人，他们手里都拿着各式各样的时钟、挂钟，匆匆忙忙地走开。工兵们带来了他们的大斧，把家具统统砸碎，然后再取下镶在上面的宝石。更糟糕的是有一个人竟把路易十五时代的挂钟也打碎了，为的是取下它的钟面，因为他错把标出时刻的数字看成是钻石做的，而事实上却只是水晶做的。不时，有人叫道：着火了。于是，有不少人都匆忙跑去，把许多东西全扔在地上，他们扑灭了在高墙上蔓延的火焰，又把许多丝绸、缎子和皮货都堆在地上。这一幅情景只有吞食大麻的人才能胡思乱想得出来。

可以想象那是一种怎样的丑态，纪律涣散的英法联军，就驻扎在圆明园周围，他们没有正常的作息制度、训练计划和纪律约束，有的则是每天想着如何溜到圆明园去掠夺，一连经历了好几个星期，天天如此。他们是战争的胜利者，不需要向来自以为文明的法国人的假文明，也不需要向来自以为绅士的英国人的假绅士。他们需要的是掠夺，掠夺别人的珍宝；需要的是放纵，放纵

自身野蛮的本性；需要的是毁灭，毁灭他人的辉煌成果。

　　一翻疯狂劫掠之后，英法联军面对毁坏殆尽的圆明园似乎都有十分过瘾的感觉，但又隐隐感到一种不满足。于是，英法联军决意要焚毁这座举世闻名的园林建筑和中外罕见的艺术宝库，为的是给清政府留下"赫然严厉"的深刻印象，当然也是为了毁灭他们抢掠破坏圆明园的罪证。大举焚烧之前，英军司令格兰特致书法军司令孟托邦，蓄意捏造了要焚烧圆明园的两条理由：一是诬赖清政府将通州谈判被俘的巴夏礼等人员囚禁在圆明园，而且是

劫后的颐和园大报恩延寿寺

　　此照片拍摄于1860年、英法联军随军记者费利斯·比托拍摄。遭劫后的大报恩延寿寺已成为残垣断壁，其上的佛香阁已毁光绪年间在大报恩延寿寺原址重建为排云殿

"手足缚系，三日不进饮食"，焚烧圆明园是对清政府的报复；二是硬说清政府"不顾国际公法"，任意捕杀英国人，必须给"中国政府以打击"。这个打击，就是要把圆明园及附近所有宫苑建筑全部焚毁。

其实，焚烧圆明园的罪恶早在圆明园遭到抢劫时就开始了，但大规模有组织的焚烧是在同年的阴历九月五日（10月18日）。那天清晨，格兰特命令英军密克尔一队和骑兵团一大队，窜入圆明园到处纵火，顿时把圆明园变成了一片火的海洋，大火焚烧两昼夜不息，也有人说烧了3天3夜。据侵略者

被焚烧前的颐和园文昌阁

此照片拍摄于1860年10月18日，英法联军随军记者费利斯·比托拍摄。楼顶大钟指向被毁当天的6时30分。阁三层，光绪年间重建的文昌阁已经减为二层，造型也简单多了。

自己的记载，10月18日圆明园和颐和园，以及附近许多园林的宫殿都一起燃烧起来，大火烧了两天两夜，火光熊熊，仿佛一张幔子，笼罩着整个天空，烟雾随着大风蜿蜒到了北京。黑云压城，日光淹没，看起来就像一个长期的日蚀。

1861年法国大文豪维克多·雨果在《致巴特勒上尉的信》中有这样一段话：

我们欧洲人自以为是文明人，中国人是野蛮人。可是这就是文明人对野蛮人的所作所为。在历

劫后的颐和园四大部洲

此照片拍摄于1860年10月，英法联军随军记者费利斯·比托拍摄。劫后的颐和园万寿山后山四大部洲已成为残垣断壁，直至光绪年间也无力全部修复

史面前，这两个强盗分别叫作法兰西和英格兰……我谨做证，发生了一场偷盗，作案者就是这两个强盗……这就是我对远征中国的赞美之辞。

文学大师所说的，就是英法联军入侵中国焚烧"万园之园"圆明园的罪孽。那是中国人民的一件伤心事，虽然伤透了中国人的心，但还不得不时常提起它。因为那是历史，一段残破的真实历史，它就遗留在北京西北郊的那片空地上，也镌刻在中国人的心坎上。来到这片空地，虽然想象不出当年那恢宏殿宇是什么模样，但绝对不应该忘记那件耻辱伤心事。

颐养并未冲和的女人

对于权力的渴望，似乎是男人的专利，而如果某些女人对权力产生了兴趣，那实在不是一般男人所能比的。某些女人一旦掌了权，不是建立一番令男人都为之汗颜的伟大业绩，就是对国家和人民造成无法弥补的灾难。关于这一点，在中国历史上都有典型例证，那就是中国第一个女皇帝武则天和执掌中国晚清政府最高权力近半个世纪的慈禧太后。

在这里，我们只讲慈禧太后这个女人，这个几次假意撤帘归政又几次重新回到权力中心的女人。特别是在清朝光绪年间，她大肆修补兴建清漪园，并取"颐养冲和"之意，把园林更名为颐和园，似乎真的准备卷帘后到这座皇家园林里颐养天年了。然而，历史又一次选择了她，或者说命运又一次把她推上了权力巅峰。这实在是一件无奈的事。

◎ 一言九鼎也心虚

心虚，肯定不是什么光明正大的事，或者就叫见不得人的事。否则，对于执掌清王朝最高权力的慈禧太后来讲，那完全是应该理直气壮的。那么，到底是什么事让一言九鼎的慈禧太后也心虚了呢？

慈禧太后对权力的欲望，是她丈夫咸丰皇帝培养的。当年，咸丰皇帝纵情于声色犬马之中，朝政的许多奏折都由慈禧代为批阅，时间长了，咸丰皇帝也乐得清闲，就放手让慈禧大胆去办理，从而使慈禧对政治产生了浓厚的兴趣，且对权力的魔杖更为着迷。咸丰十一年（1861年），年仅27岁就成为寡妇的慈禧变成了皇太后，并通过政变真正开始了对权力的角逐和运用，以致此后数十年中经过多次历练，简直到了炉火纯青的地步，这实在是许多男人都不能企及的。

然而，就是这样一个女人，在重新修建颐和园的问题上却变得谨小慎微起来。揣测慈禧太后谨慎的心理，大约有两个原因：一是当时朝廷财政十分匮乏，担心遭到大臣们的反对；二是慈禧太后挪用的经费非同一般，因为那是关系到国家国防是否稳固的海军建设专项经费。

其实，清漪园在咸丰十年（1860年）被英法联军毁坏后不久，慈禧太后就曾想到要重新修整一新的。但是，在付诸实施后不久，就因大臣谏阻和国库支绌，而未能成就全功。但是，曾经在圆明园、避暑山庄和清漪园等湖光山色中轻歌曼舞并获得宠幸的慈禧，始终不能忘怀昔日园林带给她的惬意和舒心。所以，修复清漪园的想法一直萦绕在

慈禧太后着色照

慈禧历经咸丰、同治、光绪三朝，前后执掌晚清政权47年，是清朝同治、光绪两朝的实际统治者。

她的心头，特别是随着年岁增长，这个念头有一种与日俱增的感觉。于是，在第二次垂帘听政已经把权力牢固地掌握在自己手中的时候，她便决定再次修缮清漪园。

慈禧太后心里也明白在这个时候重修清漪园，确实有点不合时宜，因为那毕竟不是一项小工程，所需费用也不是一个小数目。所以，她没有大张旗鼓地搞什么开工典礼，一切工程都是悄悄进行的。精明的慈禧太后也没有按照惯例把工程交给内务府和工部去办理，而是交由一个成立不久的新政府机构——海军衙门全权承办。按说海军衙门是负责操练海军的军事机构，不仅是建筑工程的门外汉，在多事之秋也没有时间和精力去操办什么重修清漪园的事。慈禧太后之所以把重修清漪园的工程交给海军衙门办理，是因为海军衙门经费来源合理而充足，且掌管海军衙门一切事宜的是她的妹夫奕譞，这是可以为她保密、信得过的人。但是，海军衙门毕竟不是建筑工程队，所以清漪园的每一项工程都被承包给了"建筑公司"，海军衙门只负责工程竣工后派人去验收，然后再交给清漪园的管理大臣罢了。关于这件事的真实情况，光绪皇帝的老师翁同龢在日记中有这样一句话："昆明湖易渤海，万寿山换滦阳"。意思就是说，北洋海军把昆明湖当作操练海军的渤海训练基地，而把万寿山比作是颐养游乐的避暑山庄，其实质就是借训练海军之名而行重建清漪园之实罢了。

既然在昆明湖里操练海军的真实意图被揭开，慈禧太后不得不在光绪十四年（1888年）以光绪皇帝名义发布"上谕"，正式把重新修建颐和园的工程告示国人。于是，慈禧太后重修颐和园更加肆无忌惮，并打算按照乾隆盛世时清漪园的全貌进行复原。但是，后来由于筹措经费太困难，不得不一再收缩工程规模，最后连后山后湖和昆明湖西岸的所有建筑工程都放弃了，而把全部精力和财力都放在对万寿山前山和南湖岛一带的建筑的修建和装饰上。虽然重修后颐和园的规模比清漪园要小一些，建筑形式也有所削减和变动，但颐和园依然不失为中国皇家园林的上乘之作。

奕譞视察北洋海军照

爱新觉罗·奕譞（1840—1891年），道光帝第七子，光绪帝生父，慈禧太后妹夫，醇亲王。光绪十一年（1885年）总理海军事务衙门（简称海军衙门）成立后任首任总理大臣。为讨好慈禧太后，第二年起挪用海军经费修建颐和园。

海军衙门既然被慈禧太后看中承修颐和园工程，便想借机极力讨得她的欢心，但光靠海军经费是远远不够的。于是，海军衙门在"每岁暂由海军经费中腾挪30万两"白银给颐和园修建工程外，还积极向慈禧太后建议由王公大臣们"捐税"，以便把颐和园修建得更加富丽堂皇。慈禧太后欣然同意，并让光绪皇帝晓谕各王公大臣"捐税"，王公大臣也想借机孝敬慈禧太后。既然是"周瑜打黄盖"的事，那么"为备海军要需及重修颐和园所需，总督张之洞认筹银100万两，总督曾国荃、巡抚崧骏认筹70万两，总督裕禄、巡抚奎斌认筹40万两，总督刘秉璋认筹20万两，共计白银260万两"。

大量白银筹集后，海军衙门还把这些钱"陆续解往天津，汇存生息，所得息银专归颐和园工程所用"。真亏海军衙门官员们想得出来！正像慈禧太后心里想的那样，重修颐和园绝非小事，其所费银两也一再追加，最后不得不占用国家财政的税收，几年间先后从洋药税、土药税和海军之新海防捐中挪垫白银千万两。那么，重新修建颐和园究竟花费了多少两银子呢？当时社会上就有多种传言，最多的说是8000万两，最少的则说是800万两，但传言毕竟是传言，没有什么真凭实据。

不过，最权威的说法莫过于光绪十四年（1888年）时承办颐和园工程的"算房"的估算，据他们对正在修建和准备修建的56项工程的估价，共需要白银318万余两。其实，这不仅是一个保守的估算，且也只是重修颐和园工程的一小部分，还有许多工程都未能计算在内，特别是光绪十四年（1888年）以前就动工甚至已经完成的工程，比如仁寿殿、玉澜堂、乐寿堂、排云殿等建筑的估价，在清宫档案中一直都未能查到。即便能够查清当年修建颐和园的所有硬性花费，那前后花费近10年时间、动用数万工匠的隐性工费又有谁能计算得清呢？

只可惜，直到光绪二十一年（1895年）才重修完工的颐和园，在几年后又一次遭到了八国联军的焚毁。不仅辉煌的建筑宫殿毁坏严重，珍贵文物遭到

奕譞与李鸿章、善庆

此照片拍摄于光绪十二年（1886年），总理海军大臣奕譞奉旨巡视北洋水师，途经海光寺与李鸿章（直隶总督、海军会办大臣、北洋大臣）及善庆（正红旗汉军都统）合影留念

劫掠，就连昆明湖的湖水也被弄得污浊不堪。而狼狈逃窜到西安的慈禧太后，对付洋人没什么本事，搜敛民间财宝倒很有能耐。当时，慈禧太后仓皇从紫禁城出逃时只是扮作一个农妇模样，随身携带的也只是些许物件，而从西安回来时可以说是车马绵延数里，携带珠宝不计其数，那浩大声势与出逃时的狼狈简直形成鲜明对比，根本不像是逃难归来，倒像是"出游"归来。

既然是满载而归，慈禧太后又琢磨着再次修建颐和园，只是这次她没有欲盖弥彰，而是堂而皇之地提出修复颐和园，准备撤帘归政，并真的在颐和园里度过了短暂的休闲时光。说是休闲，其实自从慈禧太后搬到颐和园后那里就变成了又一个政治中心，因为真正掌握大权的并不是年轻的光绪皇帝，而是势力已经根深蒂固的慈禧太后。特别是当"戊戌变法"触及顽固守旧派的利益时，慈禧太后不得不再一次"挺身而出"，以干脆利落的手段击垮维新派，重新树立起已经昂扬多年的权威。

其实，慈禧太后连杀人都不曾心软，特别是那么狠心地对待自己亲生和不是亲生的儿子们都不拖泥带水，又哪会在乎花几个银两修建颐和园呢？再比如

慈禧太后等人在乐寿堂前

光绪二十九年（1903 年），慈禧太后在颐和园乐寿堂前与后妃、太监等人合影。左前为太监崔玉贵，右前为太监李莲英，地上是她的爱犬。

她把大把大把的白银拱手送给洋人，并不惜将大片国土也出卖给洋人，为什么连给后人留下一份遗产还遮遮掩掩不好意思呢？当然，慈禧太后在无意中留给世人一份遗产的同时，也给后人留下了茶余饭后的谈资和笑料，更给今天人们徒增一个抨击她的理由。

◎ 颐和园名称的由来

光绪十四年（1888年），慈禧太后取"颐养冲和"之意，把乾隆皇帝建造的清漪园更名为颐和园，并一直沿用至今。其实，对于园林名称的更改，本是无可厚非的事，可当事人慈禧太后却要赋予它某种含义，而其行为又明显有悖于此，这就让人不能不有所联想或揣测了。

慈禧太后挪用海军经费重修颐和园，自始至终都有人表示过反对和抨击。所以，园子还未修好，她就曾急着前往园中驻跸，待工程完工后更是每年大部分时间都住在园子里。在这么一处清幽的园林中，慈禧太后却不甘寂寞，虽然表面上已经把权力交给了光绪皇帝，但事实上许多政事大臣们依然要请她裁决。不过，慈禧太后既然答应撤帘归政，并已经住进了颐和园，故关于朝政她有时候还是有所收敛的。而从往日忙忙碌碌到一时间无所事事，慈禧太后这个闲不住的女人是难以适应的。于是，在颐和园里举行各种游乐活动，就成了她日常生活中的主要内容，其中大肆举办寿宴更是她在这时候最重要的事。光绪二十年（1894年）十月初十是慈禧太后60岁生日，她早早就安排人员进行操办，并要求一切仪式都按当年乾隆皇帝为他母亲举行80大寿时的规格准备。虽然那时国家财政已经出现了严重赤字，远不敢和乾隆盛世时相比，但慈禧太后可不管这些，她要大摆筵宴普天同庆。

为了保证那几天的喜庆祥和，慈禧太后放言说：谁要是让她那一天不痛快，她就让谁一辈子不痛快。慈禧太后之所以说这样的话，并不是没有来由

光绪帝上慈禧皇太后万寿贺表

此为光绪二十年（1894年），光绪帝为慈禧太后祝贺生日的贺表。当时正值多事之秋，慈禧计划60大寿在颐和园排云殿举行盛大庆典，却被战事打乱，最后不得已改到紫禁城皇极殿举行

的，因为在两年前进行庆典准备时，朝中曾有大臣表示过反对，要求慈禧太后停办"点景"，省些银两充当军费。当然，朝中大臣之所以敢提出这样的建议，也是有一定原因的，因为当时国库严重空虚，且正值中日甲午海战关键时刻，前方将士由于弹药不足正浴血鏖战，而当朝统治者却花费奢靡搞什么庆典，实在让人看不过去。反对者可以提出意见和建议，但接受与否那就不是他们所能决定的了。于是，慈禧太后60大寿庆典依然在隆重地操办着，那场面我们还是另起一段文字来表述为好，因为那种烦琐也许连看这些文字的人都会感到烦琐，又如何想象当时承办这一差事的人是怎样应付的呢。

举行万寿庆典仪式的地点就选在颐和园内。为了显示普天同庆的喜庆效果，从紫禁城西华门到颐和园东宫门前，沿途搭设了60处"点景"。每处"点景"都要建造不同形式的龙棚、经坛、戏台、牌楼和亭座等。其中，龙棚18座，彩棚、灯棚、松棚15座，经棚48座，戏台22座，经坛16座，经楼4座，灯楼2座，"点景"罩子门2座，音乐楼67对，灯游廊120段，灯彩影壁17座，牌楼110座。从紫禁城到西直门为一个"点景"段，从西直门到颐和园东宫门为一个"点景"段，每段安设彩灯145只，派遣官员、茶役、士兵38人，各种僧众、乐师29人。同时，沿途到处挂贴"某处某官恭祝万寿无疆"等祝寿条幅，在东宫门和仁寿殿前还专门搭建了彩殿。颐和园内更是到处张灯结彩，彩色的条幅、鲜红的宫灯、吉祥的对联，以及为慈禧太后特别制作的金辇、雕龙宝座、龙袍、蟒褂等衣料物件，更是艳丽夺目、华贵无比。据有人估算，仅

庆寿图

清代绘制，中央美术学院藏。画面描绘的是寿宴场景。中央为三层戏楼，后面是一座与戏楼相连的二层扮戏楼，两侧为单层看戏廊。戏台为祝寿所用时，院落中架起彩棚将整个院落遮盖起来。据推测，此为民间画家创作的一件具体表现慈禧太后万寿庆典题材的绘画作品

此一项花销就需要白银近300万两。

后来，由于甲午海战失败，慈禧太后被迫停办了她60岁的庆典活动，但已经支出白银500多万两。为了弥补那次不愉快的万寿庆典，慈禧太后先后在她63岁、68岁、69岁和70岁的生日时都搞得十分隆重，地点也都选在颐和园内。今天排云殿里陈设的许多物件，就是慈禧太后寿诞时王公大臣们供奉的贺礼。

万寿庆典，离不了搭台唱戏，而慈禧太后又是一个十足的戏迷。所以，她在驻跸颐和园期间，不论是否是什么庆典节日，那里始终都是歌舞升平的景象。在颐和园里演戏，除了有宫中戏班的演出之外，还经常选调全国各地有名的戏班到颐和园里来演出，如四喜班、同春班、春福班、三庆班等都曾在颐和园里为慈禧太后演过戏。高兴时，慈禧太后还会自己上台唱上一段，据说她的功底还是不错的，因为她和当时一些戏班名角之间有着密切的往来，曾向许多名伶学习过，如著名的演员孙菊仙、杨月楼、陈德霖、谭鑫培、汪桂芬等京剧名角都曾做过"内廷供奉"，多次应召到颐和园为慈禧太后演出。慈禧太后看戏很挑剔，首先时间要规定在一年四季中各个节令的前一天，然后要选择应时的戏剧脚本，并在南府总管商选后再交给大总管李莲英把关，最后才能呈给慈禧太后御览。慈禧太后看的戏多是根据历史故事和著名小说改编的，如《黄鹤楼》《群英会》《定军山》《失空斩》等。

当然，除了看戏，慈禧太后在颐和园里的日常生活还是很有规律的。据曾经被慈禧太后留宿在颐和园达一个月之久的溥雪斋在《晚清见闻琐记》中记载说：慈禧在园中每天按时起床，由太监侍候梳洗，然后批阅奏折，到仁寿殿传见臣工。接见后回到乐寿堂传膳，饭后"进果盒"，吃完后照例出去散步，经常在长廊上散步，由宫眷、太监、宫女们簇拥跟随，太监准备的随时乘坐的小轿也在后随行。散步后回乐寿堂歇午觉，睡醒后有时听戏，有时绘画消遣，据说她的书法绘画水平也是很高的。

对于慈禧太后在颐和园里的逍遥，许多大臣都感到很舒心，因为至少不必像在紫禁城里那样每天朝见，那实在是一件痛苦的事。人们都盼望慈禧太后能永远驻跸颐和园，最好别在紫禁城和颐和园之间来往穿梭，因为侍候她往来同样是一件劳神费力而不讨好的差事。据说，慈禧太后每次到颐和园之前，内务府都要提前铺设好从紫禁城到颐和园的铁路，并派出大批警卫部队负责警戒，还要事先派人到园内去割除昆明湖里的水草，打扫各宫殿中陈设的卫生，做好各项迎接准备工作，如果稍有不如意的地方，那是谁也担当不起的。据有人对光绪年间为慈禧太后到颐和园沿途备差的人数进行的统计，一次当差就达20470人之多。有什么御前大臣、侍卫、銮仪卫、上驷院、武备院、内务府护军营、八旗两翼前锋护军营、步军统领衙门等，十分地兴师动众。

慈禧太后第一次到颐和园，是借口检阅北洋水师在昆明湖的练兵情况，并由光绪皇帝和一大

慈禧在颐和园赏雪

左起：大清驻西洋特使裕庚夫人路易莎·皮尔森、裕庚大女儿德龄、慈禧、裕庚二女儿容龄。

帮朝中重臣陪同。不过，那时昆明湖湖水较浅，军舰无法在内航行，更别说在湖里搞什么水军操练了，于是众人只好跟随慈禧太后在园子里到处游览一番作罢。从这件事上来看，慈禧太后既然把清漪园改名为颐和园，是"颐养冲和"之地，却又在此搞什么海军操练，简直有种欲盖弥彰的意味。在"颐养冲和"之地训练海军，海军部队的战斗力也不难想象，所以在甲午海战中北洋水师的全军覆没也就在情理之中了。这是慈禧太后撤帘归政驻跸颐和园后的一件"颐养"之事，而因禁光绪皇帝、扼杀维新变法是又一件"冲和"的"壮举"。类似这样的政治事件，在颐和园里发生的不在少数，所以有人把颐和园看作是晚清时

"永和"号小火轮

此船陈列在颐和园昆明湖水操学堂院内，是日本政府于1908年赠送慈禧的机动游艇，也曾作为慈禧游览昆明湖的拖带船。

代又一个政治中心，确实有一定道理。也有人说颐和园见证了清朝末年的历史，同样是十分贴切的。再有人说颐和园记载着慈禧太后晚年所有大事，也不应该存有什么异议。

写颐和园名称的由来，拉杂出关于慈禧太后的些许故事，而且没有一件属于"颐养冲和"之事，是否有点跑题呢？不过，在慈禧太后时代的颐和园里，只有这些事，而且是无法抛开的事，或者说是真实的历史。对于历史，我们只有记录并从中汲取经验和教训，以避免类似事件的重演，而没有杜撰或篡改的权利。虽然它已经成为过去。

◎ 北洋水师命值几何

清朝的海军衙门，作为一个国家的武装集团，其职责是保卫国家领土完整，其他一切活动都应该叫不务正业。然而，清朝末年的慈禧太后却把海军衙门当成修建颐和园的工程司来使唤，不仅是严重的不务正业，简直可以说是荒谬至极。荒谬至极的慈禧太后大肆挪用海军经费修建颐和园，致使北洋水师建设经费严重不足，终于在中日甲午海战中使很多海军将士葬身鱼腹。

北洋水师创始人是中国晚清重臣李鸿章，这是一位热心于洋务运动的改革者，北洋水师就是他的改革成果之一。不过，李鸿章的改革同样经历了一番波折，这波折来自以慈禧太后为首的守旧派的阻挠，也源自李鸿章等封建臣僚们自身的短视。据史料记载，以李鸿章和他的老师曾国藩为首的洋务派，在最初搞"自强新政"时，从咸丰十一年（1861年）就开始筹建海军，当时他们从国库拨款80万两白银，委托担任中国海关总税务司的英国人李泰国从英国购买战船。贪婪而又野心勃勃的李泰国购买7艘战船竟花费107万两白银，还自作主张在英国招募600多名官兵，组建了名为"中英舰队"的中国第一支海军舰艇部队。

李鸿章

李鸿章（1823—1901年），安徽合肥人，清朝晚期政治家、外交家、军事将领。早年组建淮军，随曾国藩镇压太平天国运动与捻军起义。因功擢升直隶总督兼北洋通商大臣等，参与清政府在外交、军事、经济等方面的重大事务，先后创办江南制造局、轮船招商局、上海机器织布局等洋务机构，又组建了北洋水师。

胆大妄为的李泰国不经清政府同意，竟自命英国皇家海军上校阿思本为这支舰队的司令，并许诺他对这支舰队拥有全权指挥权。当然，为了给清政府留点脸面，李泰国假惺惺地说，舰队受大清皇帝直接管辖和指挥，任何人不得随意调度派遣。其实，这支舰队真正的主人还是李泰国，其所有行动也直接听命于他一个人，他企图造成控制中国海军的既成事实，迫使清政府承认。

清政府软弱，但清朝的封疆大吏如曾国藩、李鸿章、曾国荃们可非同一般，他们不容许一个洋鬼子控制着中国第一支现代化海军部队，从而对他们的军事势力构成威胁。于是，在曾国藩等人的强烈反对下，清政府只好遣散这支舰队，派阿思本率队把战船重新开回英国去把船卖掉。与李泰国同样黑心的阿思本，把卖船所得全部中饱私囊后，还声称那些银两根本就不够遣散那些英国官兵的，要求清政府再赔偿37.5万两白银。这么来回一折腾，清政府先后花掉160多万两白银，却连海军的模样都没有看清，简直成了十足的冤大头。

清政府筹建第一支海军的闹剧过后，痛定思痛，决定采纳闽浙总督左宗棠的建议，自己制造轮船，组建海军。组建海军的重任很自然地落在了直隶总督李鸿章的肩上，而制造战船的任务也无疑是左宗棠责无旁贷的。于是，李鸿章在天津设立水师营务处，专门负责海军筹建事务，并派遣一大批留学生到英、法等西方国家学习海军军事和航海技术。在国内，李鸿章还成立了北洋水师学堂，招募、训练海军军官。严复被授命为水师学堂的总教习。

在制造战船方面，中国第一个专业化军事工厂——江南制造总局应运而生。创办福州船政局

水师学生操枪图

光绪六年（1880），清政府设立北洋水师学堂，为李鸿章经营的北洋水师充实了技术人才

的左宗棠，积极仿照西方国家军事工厂模式，不惜花费大量白银，先后制造了"惠吉""测海""操江""威靖""万年清""湄云""福星""伏波"等多艘战船。虽然耗费了大量金钱，也受到了顽固守旧派的强烈指责，但左宗棠并没有停止自己的计划。当然，李鸿章和左宗棠的行动还是受到清朝政府大力支持的。从光绪元年（1875年）开始，清政府批准由海关关税中每年提取400万两白银，作为组建海军的专项经费，并雄心勃勃地计划在10年之内建成南洋、北洋和粤洋3支海军部队。后来，又把这笔经费集中用在筹建北洋海军上，以图使北洋水师成为世界上最具实力的海军舰队。

　　然而，计划赶不上变化。组建北洋水师的经费并未能全部用到实处，而是被慈禧太后光明正大或者不光明正大地挪用到了颐和园的修建上。修建颐和园

江南制造总局炮厂厂房

　　此照片拍摄于1870年。江南机器制造总局简称江南制造总局，是清政府洋务派开设的规模最大、最重要的近代军工制造企业。

到底挪用了多少海军经费，据有关资料估算可以得出一个大概账目，只能说是大概账目，因为那是谁也无法计算得清的糊涂账。

正是因为慈禧太后的昏庸腐败，把海军经费大量用于自身享受上，导致海军建设经费严重不足，就连每艘舰艇应该配备的最起码的弹药基数都难以保障，致使中国海军败绩连连。特别是在中日甲午海战中，北洋水师终因弹尽粮绝而全军覆没。那是中国海军演绎的悲壮歌剧，也是腐败者永远的耻辱记录。

单纯从军事战术上来讲，中日甲午海战并非无可取之经验，但其失败的根由还是应该从清政府的昏庸无能上来查找。特别是慈禧太后挪用海军经费大肆营造颐和园，致使北洋水师战斗力减弱乃至最终被歼灭的事实，这一点慈禧太后恐怕是难辞其咎的。如果追究战争责任，慈禧太后会被送上军事法庭也肯定是毫无疑问的。

◎ 劫难重来

近代中国的百年历史，无疑是残破不堪的。残破不堪的还有颐和园，除了第二次鸦片战争时与圆明园同时遭受毁坏外，40年后劫难再一次重来，这一次毁坏颐和园的罪魁是八国联军。当然，重复遭受劫难的不单是中国的皇家园林，还有神州亿万民众。

与第二次鸦片战争相似的是，光绪二十六年（1900年）美、英、法、意、日、俄、德、奥八国联军入侵北京时也是看准了清王朝内政纷乱之机。他们借口如果清政府无能剿灭义和团，以保护他们在中国侨民的生命财产安全，将采取"必要手段"。这个"必要手段"，指的就是领兵进入北京。

历史上的北京保卫战，似乎只在明朝有过像模像样的两次，清朝统治者只要遇到外国侵略军攻打北京，几乎都是仓皇逃跑的"套路"。这一次八国联军

八国联军进入紫禁城

　　1900年8月28日早上7时30分，八国联军在紫禁城举行阅兵仪式。联军共3170人，穿过天安门、端门，来到午门广场，联军总司令瓦德西由联军军官陪同率军穿过午门进入紫禁城，穿过皇宫，最后出神武门。

　　入侵北京，慈禧太后同样效仿40年前随丈夫咸丰皇帝逃往热河的招数，乔装改扮后便离京而去。不过，这次她逃跑的方向是西安，而不是热河。已经有了抢劫经验的联军，在攻陷北京后将北京城划分成几个占领区，供八国联军在各自占领区内实施抢劫，以避免因混在一起抢劫而出现不公甚至相互抢夺现象的发生。于是，烧杀、抢劫、奸淫，无恶不作的八国联军，在统帅德国人瓦德西的纵容下，不仅抢劫官宦之家，就连普通民居也无一幸免。

　　贪得无厌的八国联军面对森严恢宏的皇宫紫禁城，更是蠢蠢欲动，渴望像当年英法联军抢劫圆明园一样过一次抢劫中国皇宫珍宝的手瘾。但是，八国联军总部经过权衡利弊后，担心在抢劫中因财产分配不公而引起冲突，于是下令不许兵丁进入紫禁城。而事实上，各国侵略者都曾利用各种机会进入紫禁城进行抢劫。八国联军在紫禁城里到底抢劫了多少东西，今天已经很难查清楚了，但在一份《洋人拿去乾清宫等物品清单》中，记载了当年八月初四日紫禁城被抢劫的物品有：

玉器163件、玛瑙44件、瓷器3件、笔16支、核桃珊瑚20件、扇子5把、扳指6个、竹木器7件、玩器35件、册页14册、手卷4轴、挂轴2件、铜器8件和石器墨纸4件，以上共331件。

另外，在八月初六日、十二日、二十七日，九月初一日，十月初三日、初七日和初十日的档案中，也有洋人抢劫珍宝的类似记载。据《庚辛纪事》记载，八国联军侵入北京后紫禁城的损失，是"自元明以来之积蓄，上自典章文物，下至国宝奇珍，扫地遂尽"，所失"已数十万万不止"。

强盗们

八国联军入侵北京，随后占领颐和园。英军进入仁寿殿，他们开始疯狂地掠夺，从大殿中将珍贵的文物统统搬出，放在院子中。接着，他们对文物进行登记打包，然后运到海外

◎ 奢侈不是一种享受

奢侈，不是一种享受，如果说是，那也只是建立在许多人遭罪基础之上一个人的享受。奢侈不过帝王家。晚清虽然内忧外患达到了顶点，但并不妨碍一手遮天的慈禧太后的奢侈享乐。别的暂且不说，单是在颐和园里的饮食排场，就足够让人瞠目结舌的了。

清朝帝王家的吃饭不叫吃饭，而称作"用膳"。帝王家"用膳"有严格的等级制度，皇帝和皇后的饭食不一样，皇后与妃子的也不相同。没有特别旨意，任何人不能和皇帝同桌就餐，如果得到与皇帝一同就餐的容许，即便不在同桌也是莫大的恩赐。直接负责皇帝后妃饮食的机构叫御膳房，隶属于内务府和光禄寺两个衙门管理，所用花费一律由内务府和光禄寺负责保障。当然，也有全国各地进贡的，而且向宫中进贡的物品也有严格的份额规定。如盛京将军，每年进贡的物品有鹿780只、狍210只、鹿尾和鹿舌各2000个、鹿筋100斤，其他如鹿肚肠、狍肠、熊、野猪、野鸡、树鸡、獐狍背什骨、虎威骨、虎胫骨等没有一定的限额。如盛京佐领，每位每年规定进贡鹅60只、腊猪20头、咸鱼1500斤、杂色鱼40尾，腌鹿尾等没有定数。如盛京三旗网户、打牲乌拉、张家口外牛羊群各总管，还要按照不同的地方特产，每年按规定数量上交鹿、狗、鹿尾、鹿舌、鹿筋、熊、野猪、野鸭、虎骨、鹅、腊猪、咸鱼、鲟鳇鱼、鲈鱼、栾色鱼、乳酒、乳油、大乳饼等。如蒙古王公要进献黄羊等，其他如燕窝、鱼翅、海参等由别处进贡。

总之，人间罕见、世所仅有的山珍海味，在皇帝餐桌上应有尽有。虽然每年全国各地进贡的物品很多，但对于奢靡无度、讲究排场的皇宫来说，仍然是入不敷出，这就需要由内务府出银子到市场上去采购，每年仅这一项费用就高达3万两白银。

为了保障好皇帝和后妃们的饮食，御膳房把每天要做的饭菜拟定一个单

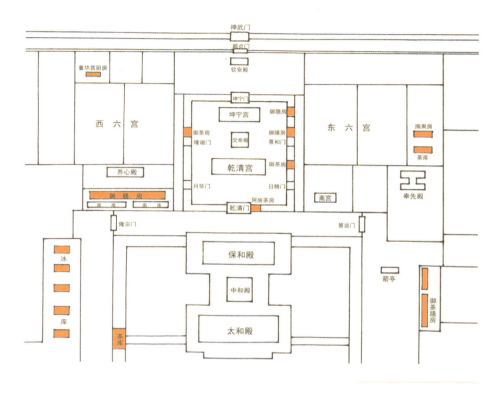

清宫膳房、茶房位置图

子，送到内务府审阅。通过后，负责哪个菜肴制作的厨师，不仅要精心烹制，还要标上姓名，以便赏赐和惩罚。其实，皇帝和后妃的饮食每天基本上都是按照固定标准制作的，除非皇帝后妃当天有特殊胃口，才按要求添加某些菜肴。如皇帝每天必备的菜肴有：盘肉22斤、汤肉5斤、猪油1斤、羊2只、鸡5只、鸭3只，白菜、菠菜、韭菜、香菜、芹菜等共19斤，各种萝卜60斤、各种瓜各1个、苤蓝和干闭蕹菜各5个共6斤、葱6斤，酱和清酱各3斤、玉泉酒4两、醋2斤、牛奶100斤、乳油1斤、玉泉山水12罐。早晚点心是饽饽8盘，每盘30个，

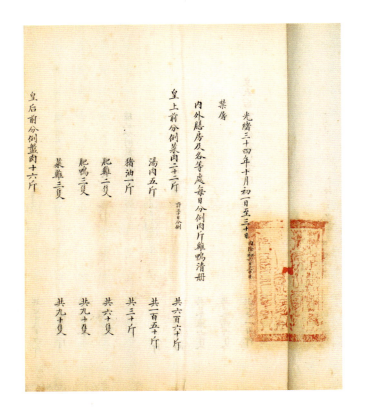

膳房办买肉斤鸡
鸭清册（局部）

此清册为光
绪三十四年（1908
年）十月膳房账
物清册，是研究
皇家生活与宫廷
饮食的珍贵资料。

而每做1盘饽饽需要上等白面4斤、香油1斤、芝麻1合5勺、澄沙3合，白糖、核桃仁、黑枣各12两。这是皇帝每天的日常餐饮，即便不用也必须天天如数供应，至于份外的山珍海味之类，可以说是想要什么就必须有什么。按照清朝皇宫里的定制，皇帝的伙食标准应该是最高的，但对于喜欢排场和奢侈的慈禧太后来说，恐怕就另当别论了。

慈禧太后在颐和园的御膳房被称为"寿膳房"，在大戏楼东侧，共有8个院落，108间房屋，128人操作，每月膳食定额花费1800两白银，但实际上要远远超过这个数字，这是清朝历代皇帝后妃所不能比的。可以想象一下，这128个人只琢磨如何侍候好慈禧太后一人，他们每天到底都干些什么呢？下面，我们摘录慈禧太后某天的一餐菜谱，也许有助读者了解他

们的工作量，也感受一下什么叫奢侈，什么叫享
受。比如，火锅二品：羊肉炖豆腐、炉鸭炖白
菜；大碗菜四品：燕窝"福"字锅烧鸭子、燕
窝"寿"字白鸭丝、燕窝"万"字红白鸭子、燕
窝"年"字什锦攒丝；中碗菜四品：燕窝肥鸭丝、
熘鲜虾、三鲜鸽蛋、烩鸭腰；碟菜六品：燕窝炒
熏鸡丝、肉片炒翅子、口蘑炒鸡片、熘野鸭丸
子、果子酱、碎熘鸡；片盘二品：挂炉鸭子、挂

颐和园寿膳房庭院俯瞰

颐和园寿膳房位于
德和园东侧，由8个院
落组成，被称为"东八
所"，现已改为一所五
星级酒店。

炉猪；饽饽四品：百寿糕、百福捧寿糕、寿意白糖糕、寿意苜蓿糕；燕窝鸭条汤、鸡丝面。

慈禧太后寿膳房里有许多名厨师，如王玉山和张永祥等，他们每天翻着花样烹制美味佳肴讨慈禧太后欢心。如此往复，厨师们的技艺在不断提高，而慈禧太后的胃口也越来越刁钻，什么菜肴经她一尝立马就能说出个子丑寅卯来，让厨师们心服口服。慈禧太后比较欣赏的寿膳房厨师之一是王玉山，此人最拿手的就是"抓炒"，被称为"四大抓"——抓炒里脊、抓炒鱼片、抓炒腰花和抓炒虾，堪称绝活。后来，王玉山从宫廷回到民间曾经在颐和园里的颐和饭庄工作过，许多人得以品尝他的绝活"四大抓"手艺，都感到味道确实非同一般。

清朝皇帝后妃实行的是两餐制，分为早膳和晚膳，时间分别是早晨7点和中午12点，当然晚上的"晚点"也是万万不能晚点的，大约在晚上6点钟。"晚点"一般都是一些点心之类的，所以叫"晚点"，但点心的名称绝对不是随便取的，大多是一些喜庆吉祥之类的意思。如慈禧太后生日寿辰时的点心有：万字饼、寿字饼、福字饼、禄字饼、吉祥饼、福寿饼、长春饼、鹤年饼、七星饼、松寿饼、如意酥、百花酥、三桃酥、花桃酥、松仁酥等。宫廷制作肯定是味美而精致的，但民间却流传有慈禧太后爱吃街巷里弄风味小吃的一些故事，反而使许多民间风味小吃成了今天人们品尝的美味名吃。

我们再来看看慈禧太后对于水果的需求，下面是光绪二十三年（1897年）她收取鲜果的清单：苹果158320个、秋梨111750、棠梨77300个、红肖梨53295个、柿子2275个、文官果2400个、石榴310个、甜桃4344.5筐、酸桃302.5筐、樱桃429筐、李子920.5筐、杏694筐、沙果491.5筐、槟子770筐、葡萄16385斤、鲜山楂16663斤，核桃、栗子、红枣、黑枣、白果、榛子、晒山梨、英俄瓣共计仓石2356石7斗7升5合7勺。这只是份额，并不包括柑、橘、龙眼、荔枝、西瓜等。据记载，仅苹果一项每年就多达15余万个，平均每天430多个。由此可以看出，慈禧太后岂止是在尽情享受，简直就是一种奢侈和惊人的浪费。

中国人把节俭当作美德，把奢侈浪费看成是可耻的事情。而讲究气派排场，向来是皇家的本色。当然，也有倡导节俭并躬身践行的帝王后妃，不过那多是当时财政拮据使然。可慈禧太后是向来不懂得节俭的，不说日常生活讲究排场，动辄

侍卫把酒传膳图

古代御膳房传菜的叫侍卫。御膳房把饭菜准备好之后，要在用膳时刻由侍卫传菜，并且，每道菜要按规定的布局进行摆放。

大清国当今圣母皇太后万岁万岁万万岁

慈禧太后在颐和园

　　慈禧太后把颐和园作为自己的颐养之地，大部分时间在那里居住和娱乐。她不惜动用国库的巨额资金，甚至挪用了海军的军费，来修缮颐和园，给清王朝带来了灾难。

　　三日一小宴五日一大宴，也不说逢生辰寿诞、婚庆喜事时大肆宴请，就连甲午海战时她也不管前方将士的浴血奋战，照样大庆她的生日寿诞。于是，北洋海军与日军在千顷海面上惨烈厮杀的同时，朝廷各级官员们则在颐和园里享受着歌舞升平的生日宴会，那种荒谬和奢靡实在是语言难以表述的。

绮丽幽园蕴杀机

　　用风景如画来形容颐和园，是人们最常见的语言表达。常见的，往往导致熟视无睹，这个时候就需要静静地去思考，才会发现原来平常的才是最真实的，或者说才是最贴切的。颐和园常年的风景如画虽然真切，但在晚清那种平常中却时刻蕴藏着狂风暴雨，政治的狂风暴雨，或者直接说那是一种杀机。而被杀戮的不单有个体的人的生命，还有疲软政权渴望振兴的大好时机，特别是刚刚萌芽的新思想遭到摧残，实在是中国近代史上的悲哀。可悲哀的，又不仅仅是扼杀新思想的刽子手慈禧太后，还有一种叫妥协的性格。哲人说，性格决定命运。如果这种性格存在着某种缺陷，它决定的又只是个人命运，也许谈不上有什么损害，即便有也是小范围内的。而这种带有缺陷的性格如果影响到一个国家的命运，那着实危害不小，光绪皇帝就是这么一个带有性格缺陷的君主，其危害的不单是"戊戌六君子"的身家性命，还有近代中国百年的历史。

◎ 那是又一个政治中心

　　江南园林基本上都是用于隐居休闲的，而北京的皇家园林则兼有政治功用。颐和园被列入《世界遗产名录》的其中一条理由就是：它对近代中国社会的发展进程有重大影响。确实，中国晚清那些大的事件或者说是事变，几乎都是在颐和园里酝酿或发生的，说颐和园是又一个政治中心，绝对不会让人感到牵强。

　　在这些事件或事变中，首先来看看"戊戌变法"。在中国晚清时代拥有变

康有为

康有为（1858年3月19日—1927年3月31日），广东南海人，人称康南海，清末重要的政治家、思想家、教育家，资产阶级改良主义的代表人物。倡导维新运动，但后来成为复辟运动的精神领袖。

法图强思想的，魏源属于睁眼看世界的第一人，而康有为则是积极采取行动进行变法的实践者。然而，一介布衣康有为纵有经天纬地之才，也只有等待机会，而无半点施展才能的天地。于是，在赴京赶考的那段日子里，康有为积极寻找进身的机会，如开馆办学，广造影响；如不断给当朝权臣贵戚上书，以期引起他们的重视。

日子一天天过去，机会终于来了。自诩为天朝上国的清王朝，向来没有把别的国家放在眼里，更别说穷岛倭寇的日本了。然而，就是这么个不起眼的日本，却在光绪二十年（1894年）悍然发动甲午战争，把天朝大国清政府经营多年的北洋水师全部歼灭，使清政府不得不低下一贯高昂着的头颅，听任别人摆布，全盘接受日本提出的极为苛刻的条件。不平等条约签订的消息传来，清政府朝野上下一片大哗，反应最激烈的就是正聚集在京城进行会试的各地举子。首先由广东举子发起，组织者就是康有为的得意门生梁启超，然后是湖南举子的加盟，使事态向康有为预想的方向发展。于是，康有为利用两个夜晚加一个白天的

时间写出一篇万言书，不仅表达了对朝廷签订不
平等条约出卖国家主权的反对，还全面阐述了自
己变革图强的改良思想。为了引起朝廷的足够重
视，康有为联合在京的1300多名举子在万言书上签
名，然后递交给都察院。这就是历史上有名的"公车
上书"。

康有为等人要求变法图强的思想，从某种意义
上正好符合了光绪皇帝摆脱慈禧太后干政的想法，
但他一直没有能力和机会向慈禧太后提出挑战。康
有为等人一提出变法改革，光绪皇帝就意识到其
重大意义和所蕴藏的机
遇。于是，光绪皇帝不
顾慈禧太后态度暧昧，
果断地召见康有为等
人，按照其主张开始大
刀阔斧地进行改革。改
革，必然触及一些人的
实际利益，特别是封建
王朝时的变革，触及的
则是守旧势力的利益。
如光绪皇帝先后采取措
施撤裁了詹事府、光禄
寺、鸿胪寺、太常寺、
太仆寺和大理寺等中央
机构衙门和湖北、广

康有为和梁启超

"公车上书"的发起者和组织者是康有为和他的弟子梁启超，此事件被认为是维新派登上历史舞台的标志，也被认为是中国群众政治运动的开端。

军机处值房

军机处是清朝官署名，但办公地不称衙署而称值房，是清朝时期的中枢权力机关，总揽军政大权。雍正七年（1729年）设立，位置在紫禁城隆宗门内，选内阁中谋密者入值，辅佐皇帝处理政务。内设军机大臣、军机章京等，均为兼职。

东、云南3省的地方巡抚。在人事制度改革上，光绪皇帝先是罢免了礼部尚书怀塔布等6人的全部职务，而这些人都是慈禧太后的心腹宠臣，然后，光绪皇帝又特别授予主张变法的维新人物谭嗣同、杨锐、刘光第、林旭等4人四品卿衔，出任军机处章京，参与新政的一切事宜，当时被称为"军机四卿"。他们虽然以章京的名义进入军机处，但办理的都是光绪皇帝亲自交代的大事，一时间成了军机处握有实权的重臣。

面对光绪皇帝这几项机构改革和重大人事变动，驻跸在颐和园里的慈禧太后当然不会等闲视之，再加上怀塔布等人在她面前煽风点火，说光绪

皇帝要发动兵变，围攻颐和园囚禁她。慈禧太后一听，更是食不甘味、夜不安寝，便也商量准备趁光绪皇帝到天津阅兵时举行政变，一举废掉光绪皇帝。在双方都暗自准备的情况下，有两个人尤为关键，那就是掌握京城禁军的荣禄和手握重兵的袁世凯。荣禄自然是慈禧太后的铁杆心腹，而袁世凯因为曾经支持过变法，所以毫无兵权的维新派只有寄希望于当时在天津小站训练新军的袁世凯。于是，光绪皇帝仅在几天内就在颐和园里先后3次召见袁世凯，不仅加官晋爵，还格外施予皇恩和信任。为了确保政变成功，使维新变法顺利推行下去，光绪皇帝在颐和园里也频频召见维新人士，积极商议维新变法的措施，并在关键时刻授意他们要紧紧拉拢住袁世凯。

于是，在慈禧太后等人磨刀霍霍的危急时刻，谭嗣同不顾安危携带光绪皇帝密诏夜访袁世凯，对袁进行最后的游说。而两面三刀的袁世凯当面信誓旦旦，可一转身就向荣禄告了密，消息用电报的形式传到了颐和园。由于事关重

荣禄

瓜尔佳·荣禄（1836—1903年），满洲正白旗人，光绪中后期政治人物。甲午战争期间受慈禧太后信任，留京任步军统领、总理衙门大臣、兵部尚书。

大，荣禄当晚又亲自从天津跑到颐和园，当面向慈禧太后作详细汇报。于是，积累了丰富政变经验的慈禧太后，以迅雷不及掩耳的手段首先在颐和园里软禁了光绪皇帝，然后开始大肆搜捕维新人士。推行103天的维新变法，在慈禧太后等守旧势力的屠刀下瞬间就败退了。

见证了扼杀维新变法的颐和园，还是慈禧太后对义和团运动采取先利用后镇压的大本营。

对于义和团，清政府一开始采取坚决镇压的态度，多次镇压失败后，清政府丧失了信心，再加上当时洋人入侵，慈禧太后就琢磨利用义和团来对付洋人，从而达到一箭双雕的效果。于是，慈禧太后下诏承认义和团的合法地位，并大加褒奖义和团的爱国精神和行动，以至于八旗和绿营的一些官兵也纷纷加入义和团，和义和团民众一起围攻洋人使馆，焚烧洋人教堂，逮捕为非作歹的洋人。

面对清政府的不合作，西方列强自然不甘"受辱"，便联合起来发动新一轮的侵略战争。面对来势汹汹的八国联军，一贯欺软怕硬的慈禧太后又忙着给洋人使馆送水果去讨好，把对付洋人的事全部推到义和团身上。精明的洋人自然明白慈禧太后的花招，于是他们一方面逼迫清政府镇压义和团，一方面加紧对北京的侵略准备。对于清政府向洋人的妥协，义和团当时毫无察觉，一时间被清军和洋人杀得措手不及，死伤了许多团民。后来，声势浩大的义和团运动最终被清军和洋人所绞杀。

义和团虽然被扼杀了，但慈禧太后并没能安享颐和园里的清凉，而是被八国联军追赶得化装成一汉族村妇模样，如丧家犬般仓皇从宫中逃出来。据史书记载，当慈禧太后一行先逃到颐和园时，颐和园里的许多官员都感到惊异万分，急忙给惊魂未定的主子奉上吃食，然后立即北去昌平，再辗转逃至西安。

中国有句俗语叫：跑得了和尚跑不了庙。慈禧太后一行逃出了北京，但北

京城里的皇宫和那些皇家园林是带不走的。于是，40年前焚烧圆明园的一幕又在颐和园里上演了。首先侵入颐和园的是八国联军中俄军第10团上乌迪骑兵连与赤塔骑兵连，然后日、美、意、英等国侵略军相继进园侵占。由于有了八国联军统帅瓦德西准许军队抢掠的指令，于是颐和园中的陈设文物又一次遭到洗劫，甚至连智慧海和多宝塔墙壁上嵌镶的琉璃小佛像也被挖下来带走了。

后来，虽然经清政府的妥协交涉，颐和园被交还给了慈禧太后，但八国联军在颐和园已经整整盘踞了一年的时间，把整座园林糟蹋得惨不忍睹。具有讽刺意味的是，遭到外国侵略军残酷毁坏的颐和

被八国联军摧毁的正阳门内侧

1900年，正阳门箭楼大部首先被炮火摧毁，随后八国联军在正阳门城楼上宿营时引发火灾，烧毁了城楼。而此时，慈禧太后已经带领光绪帝仓皇出逃

八国联军在颐和园清
晏舫合影

1900年，八国联
军入侵北京，随后占
领颐和园。当他们进
入颐和园后，被里面
珍贵的物品惊得目瞪
口呆，随后进行了疯
狂的抢掠。

园，经过慈禧太后再次动用巨额资金修缮后，却成
了清政府或者直接说慈禧太后招待外国使臣的欢宴
之地。慈禧太后实行"量中华之物力，结与国之欢
心"的外交政策，使外国使节和他们的眷属经常得
以借慈禧太后"赐宴""游湖"等名义来到颐和园
里游乐。

其实，清王朝的许多园林都曾不同程度地充当
过见证政治事件的角色，无论是被毁坏无余的圆明
园，还是远在塞外的避暑山庄。当然，由于颐和园
近在北京西郊，又是慈禧太后钟情的一处园林，所
以不折不扣地是又一个政治中心。

◎ 撒手是为了抓得更紧

积累了丰富政治斗争经验的慈禧太后，面对维新改革浪潮的汹涌澎湃，却没有采取什么针锋相对的正面抵制措施，而是放手让光绪皇帝等人进行大胆的改革。当然，她也不可能坐视不管，只是因为反击的时机还没到，或者说时机还没有成熟到一举击溃维新派的地步。慈禧太后懂得如何把握政治斗争的火候，更明白像这样不是鱼死就是网破的斗争还需要有理有节。

其实，光绪皇帝与慈禧太后之间早就存在着不可调和的矛盾，只是光绪皇帝的力量还很薄弱，不能和慈禧太后那盘根错节的保守势力相抗衡。随着民族灾难的日渐加深，中国民众已经对晚清政府的统治失去了耐心，要求改革变法的呼声日渐高涨，于是以康有为为首的维新派应时而出，走在了变法改革的最前沿。维新运动兴起后，改良派并不是依靠广大人民的力量，而是想依靠以光绪皇帝为首的帝党势力来推行变法主张。然而，光绪皇帝长期在皇宫那种特殊环境里的生活经历，又决定他必然是封建统治秩序的维护者，只是他不满慈禧太后独揽朝纲罢了。于是，康有为等人的维新变法一经提出，就引起了光绪皇帝的关注，他想要借用资产阶级改良派这股新兴社会力量来排斥后党势力，从而把朝政大权从慈禧太后手里夺过来。

著名的"公车上书"后不久，康有为考中进士，被授工部主事，上任之前他又连续两次上书，申明维新变法的政治主张。光绪皇帝看了以后，觉得这些变法主张有利于巩固自己的统治，十分重视，命人抄写4份分别送给慈禧太后、军机处及各省督抚，这是光绪皇帝支持维新改革开始的信号。于是，在康有为等人努力下，由翰林院侍读大学士文廷式出面，在北京成立了"强学会"，其宗旨就是"求中国自强之学"。帝党核心人物、光绪皇帝的老师、户部尚书翁同龢也答应每年拨给强学会固定经费表示支持。随后，湖广总督张之洞、两江总督刘坤一，还有在天津小站训练新建陆军的督办袁世凯等政界要员也都参

清德宗光绪皇帝

　　清德宗爱新觉罗·载湉（1871—1908年），清朝第十一位皇帝，其父为道光帝第七子醇亲王奕譞，其母为叶赫那拉·婉贞（慈禧太后之妹）。

加了强学会。一时间，宣传维新变法的组织，如各种学会、学堂陆续成立起来，它们创办的刊物也像雨后春笋一般出现，要求变法维新已成为不可遏制的时代潮流。

　　在潮流涌动之时，光绪二十三年（1897年）德国强占中国胶州湾，这更激起中国人民反侵略、反瓜分的声浪。于是，康有为急忙从广州赶到北京，连续给光绪皇帝上书，要求他走日本明治维新的道路，"及时发愤，革旧图新"。康有为在上书中强调说："能变则全，不变则亡，全变则强，少变仍亡"。特别是在其中一份上书中，康有为提到一旦亡国皇帝将"求为长安布衣而不可得"的话，对光绪皇帝触动很大。但是，清朝旧制规定皇帝不能召见四品以下官员，而康有为只是一个小小的工部主事，光绪皇帝既不敢破例召见他，更不敢破格擢用他，只好下令要求以后只要康有为有条陈，当即日呈递，任何部门和个人不得阻隔，否则予以严惩。

　　在光绪皇帝首次召见康有为之前，架起两人之

间联系桥梁的，是光绪皇帝的老师翁同龢。这位
年迈的帝师，接受新思想和新事物的意识一点
也不落后，反而积极促使光绪皇帝下决心进行变
法。于是，光绪皇帝决定召见康有为，听他全面
阐述维新变法的思想主张。为了不过于违反"祖
制"，召见地点没有选在紫禁城太和殿，而是在
颐和园。

这次召见，康有为慷慨激昂地全面阐述了自
己的变法思想和主张，且
连变法的步骤和措施也和
盘托出。有机会阐述自己
费尽心思准备多年的变法
主张，康有为讲述得很激
动，光绪皇帝也听得热血
沸腾，表示接受他的主张。
于是，两人一拍即合，使
康有为的变法主张通过光
绪皇帝颁发的诏令，得以
在全国范围推行开来。拥
有一整套系统变法主张的
康有为，主要在以下几个
方面进行了改革：政治方
面，康有为提出广开言路，
准许民众自由上书言事，
并可以通过私家开设的报

馆、学会发表各自的政治主张。经济方面，他大力提倡创办实业，设立农工商总局和矿务铁路总局，兴办农会和商会，大力鼓励商办铁路和矿务，对实业方面的发明创造予以奖励；着力改革政府的财政制度，创办国家银行调节政府的财政预算，从而广开财源，提倡节约开支；在全国各地设立邮政局，裁撤以往的政府驿站。军事方面，康有为则提出裁减八旗绿营兵丁，改革武举制度，积极训练海军和新建陆军，大力筹办兵工厂。文教方面，他提出改革科举制度，废除八股，改试策论，并开办京师大学堂，培养综合素质的实用人才；设立译书局，编译国外书籍，奖励个人著作；允许组织各种学会，并选派有志向的人出国留学和游历等。

从康有为以上的改革主张中，不难看出这位改革家非凡而进步的政治思想。但是，由于对当时复杂的社会结构和慈禧太后势力的估计不足，再加上在思想、组织和军事等方面缺乏充足的准备，所以虽然一道道诏书像雪片似的飞下去，可在地方上真正执行的却很少。据有关资料记载说，在贯彻执行这些新政的措施上，除了湖南巡抚陈宝箴积极响应之外，各省督抚多数倾向后党集团，他们知道光绪皇帝并没有实权，视这些诏书如同废纸一样，一般都采取置之不理的态度，或者表面上装装样子，即便光绪皇帝怪罪下来时则能推则推，不能推的就来个模棱两可的回答。如两江总督刘坤一和两广总督谭钟麟等都是这么干的。两个月来，他们对光绪皇帝颁发上谕要求筹办的事情，不仅没有奏报一个字，当光绪皇帝催问时不是推诿说没有见到上谕，就是置若罔闻，或者干脆不予理睬，结果使新政在许多地方政府中始终难以推行下去。

在中央也是如此，虽然按照新政要求建立了一些新的机构，如农工商总局等，但基本上都被后党势力所把持，大都有名无实，不起什么作用。另外，在这次变法中，从中央到地方原有的官僚机构几乎丝毫未动，后党势力依然根深蒂固，帝党想变革改良比登天还难，这也是新政无法推行的重要原因。

面对这样的局面，光绪皇帝肝火日盛，痛斥一些不支持新政的中央和地方

马神庙京师大学堂

　　作为戊戌变法的"新政"之一，京师大学堂创办于1898年7月3日，是中国近代第一所国立大学，最初校址在马神庙（现北京市景山东街）和沙滩红楼（现北京五四大街29号）等处。

大员，还让醇亲王向慈禧太后传话说，如果慈禧太后不支持他维新变法，他情愿不当这个傀儡皇帝。面对光绪皇帝的公开挑战，慈禧太后更不甘示弱，说她早就不满光绪皇帝的做法，也不想让他再做什么皇帝了。双方互不相让，醇亲王只好两边劝慰，因为一方是手握实权而又阴险毒辣的慈禧太后，当然也是他的嫂子、大姨子，而另一方是当今皇帝，更是自己的儿子。经过和解，慈禧太后表示可以放权给光绪皇帝进行变法，但是不能逾越祖宗制度，也就是她心中的尺度。获得一定准许的光绪皇帝，干脆来个大刀阔斧，迅速裁撤在中央机构任职的慈禧太后心腹大员，破格提拔维新骨干分子充实军机处，参与中央新政的制定和贯彻。

　　见光绪皇帝变法改革动起了真格，遭到打击的顽固派开始蠢蠢欲动，不仅向慈禧太后诉苦，还积极策划实行政变，请求慈禧太后废除光绪皇帝。于是，

慈禧太后先是罢黜了光绪皇帝的亲信大臣、帝党核心人物翁同龢，后又重新任命了一批亲信担当中央机构和军事部门的要职。另外，还特意加强颐和园的警卫力量，以保证自身的安全。在完成这些部署之后，慈禧太后假意宽容地对光绪皇帝说："汝但留祖宗神位不烧，辫发不剪，我便不管。"其实，照例还驻跸在颐和园的慈禧太后，此刻已经是胜券在握了。所以，当有人奏报光绪皇帝准备实行兵变、围攻颐和园囚禁她的消息后，慈禧太后便轻而易举地囚禁了光绪皇帝，然后又开始大肆捕杀维新志士，干脆利索地击垮了维新变法。

◎ "袁大头"耍了滑头

对于袁世凯，中国人向来没有什么好的评价。不过，也难怪人们一提起他就嗤之以鼻，你看他一生干的那几件"轰轰烈烈"的大事，除了两面三刀，就是左右欺瞒，要么背信弃义，或者干脆耍起了滑头。这么说，一点都不冤枉他，例如在孙中山领导的革命派和清朝小朝廷之间那种欺瞒哄骗和威逼利诱，例如在反对复辟帝制过程中他自己却做起了皇帝梦等。特别是出卖光绪皇帝和维新派的那次背信弃义，不仅使皇帝沦为阶下囚，还把谭嗣同等大批维新志士推上了断头台。维新变法失败了，他却得到主子慈禧太后的赏识，不断加官晋爵，乃至最后当上了权倾朝野的直隶总督。

其实，把袁世凯说得一无是处也许不客观，否则他何以从兵营中的一名小卒成为晚清的封疆大吏呢？确实，袁世凯起初还是有点军事才能和笼络人的手腕的，后来随着职位的升迁，他的迷信心理也日渐严重。在找算命先生看过一次面相后，袁世凯便再也不甘心做一方诸侯了，他要登坐龙庭实现自己"真龙天子"的宿命。为此，袁世凯拉拢权贵、攀附皇亲，或者出卖朋友，踩着别人的肩膀拼命向上爬，寻找机会实现心中梦想。虽然梦想实现只有不到100天的时间，但由他发行的银圆也就是俗称的"袁大头"却在民间颇受青睐。袁世凯头大又喜欢剃光头，这是他留给国人的一贯形象，还有就是善于耍滑头了。

康有为倡导推行的"维新变法"，在当时中国上层人士和民间百姓中还是影响巨大而深远的。惯于见风使舵的袁世凯，当时也是维新组织"强学会"中的一员，因为他明白不跟上这步伐，就将成为时代的落伍者。然而，也正是袁世凯这种紧跟时代步伐的机灵，导致了年轻的光绪皇帝和维新志士受他这一假象的蒙骗，致使维新改革功亏一篑。当然，不能归咎于光绪皇帝的年轻，正是因为年轻，他才会有被民族危机和国家厄运所震动的秉性，他才会对康有为等人提出的变法主张果断地接受并积极地推行。但是，年轻又使光绪皇帝轻信了政治手腕老辣的袁世凯，使维新变法一败涂地。于是，就在京津等地百姓间盛传慈禧太后将在天津阅兵时发动兵变时，光绪皇帝在颐和园里紧急密召康有为、杨锐、谭嗣同、林旭、刘光第等人，要求他们迅速筹划，设法营救保护他。为了挫败慈禧太后的阴谋，维新派经过紧急磋商后，在无奈中采纳了谭嗣同的建议，准备争取袁世凯的支持，并由光绪皇帝在颐和园的玉澜堂亲自召见他，"以侍郎候补，

戊戌变法时的袁世凯

袁世凯（1859—1916年），河南项城人，北洋军阀领袖，中国近代著名的政治人物。曾在天津小站训练新军，是北洋军阀的创立者。清末先后任山东巡抚、直隶总督兼北洋大臣等。

责成专办练兵事宜"，委以重任。其实，对于袁世凯，不仅维新派对他心存疑虑，就连慈禧太后等人也并不信任他。但是，当慈禧太后当面对光绪皇帝谈起废立之事时，光绪皇帝回宫后当即就给康有为下了一道密旨：

朕惟时局艰难，非变法不足以救中国，非去守旧衰谬之大臣而用通达英勇之士，不能变法。而皇太后不以为然，朕屡次几谏，太后更怒。今朕位几不保，汝康有为、杨锐、林旭、谭嗣同、刘光第等，可妥速密筹，设法相救。朕十分焦灼，不胜期望之至，特谕。

为此，康有为等人再次想到袁世凯，因为袁世凯毕竟参加过强学会，对支持维新改革的翁同龢表示过亲近，所以此刻只有破釜沉舟依靠袁世凯了。于

北洋新军演习照

北洋新军演习时的照片，大树下坐在简易凳子上的是袁世凯。

是，谭嗣同携光绪皇帝密诏来到北京法华寺袁世凯的居所，对袁世凯进行进一步拉拢。

关于谭嗣同深夜游说袁世凯的过程，著名历史学家胡绳在《从鸦片战争到五四运动》中曾有详尽描述：

八月初三日深夜，谭嗣同只身来到法华寺袁世凯的寓所，两人见面先寒暄几句之后，谭嗣同就把谈话引入了正题，他问袁世凯对皇帝的看法如何，袁早知他的来意，马上回答说皇帝是当代的圣主，谭又问袁知不知道天津阅兵的阴谋，袁说听到一些传闻。这时，谭嗣同拿出光绪皇帝的密诏，要求袁世凯迅速举兵，先杀掉荣禄，再兵围颐和园慈禧太后住所，事成之后，立即升袁世凯为直隶总督。谭嗣同还说："你如果不答应我，我就死在你面前。你的生命在我的手里，我的生命也在你的手里。我们至迟要在今晚决定，决定后我立即进宫请皇上办理。"袁世凯非常狡猾，他当面满口答应，拍着胸膛对谭嗣同表示说："圣主我辈共事之主，仆与足下同受非常之遇，救护之责，非独足下。若有所教，仆固愿闻也。"又说："如皇上在仆营，则诛荣禄如杀一条狗耳。"但是，他提出准备不足，特别是武器装备和粮食不够，最早要等到九月份慈禧太后和光绪皇帝到天津阅兵时再办理。谭再三要求，他都表示无法做到，最后只好同意袁世凯的意见。谭嗣同回宫复命，以为已经把袁世凯拉了过来。八月初五日，光绪皇帝最后一次召见袁世凯后，袁表示事情紧急，得马上回天津进行部署，借机逃回了天津。回到天津的袁世凯尽管当天已经是太阳落山，他还是专程跑到总督衙门拜谒荣禄，但是因为荣禄当时事务很繁忙，只好把情况作了简略的汇报，并约定第二天再进行详细商谈。第二天一大早，荣禄听了袁世凯的汇报后大惊失色，急忙向在颐和园里的慈禧太后发去电报，然后又连夜赶往颐和园向慈禧太后作了禀报。慈禧太后闻听后也惊慌失措，急急忙忙赶回皇宫紫禁城，立即着手囚禁了光绪皇帝，第二天又以光绪皇帝的名义

颁发"上谕"，说明从当日起仍由慈禧太后垂帘听政。

　　剖析维新变法失败的原因，除了袁世凯的背信弃义和出卖之外，是否还应该看到维新派诸多措施的不周密、不完备呢？确实，在准备政变的策略部署上，光绪皇帝和维新派拉拢袁世凯作为军事后盾，本是可以理解的，但他们对于袁世凯的本质缺乏足够认识，乃至于最后被袁世凯耍的花招遮眯了眼睛。当然，即便当时袁世凯不出卖他们，光绪皇帝频频在颐和园里召见他的这一举动，也是不高明、不周全的。因为在北洋三军中荣禄并不放心袁世凯，所以袁的一举一动都在荣禄的监视之中，他与维新派往来密切，特别是光绪皇帝的几

北洋新军阅兵式

　　由袁世凯主持训练的北洋新军是当时清政府最有战斗力的部队，这也是光绪帝想要依仗袁世凯的原因之一。

次召见，实际上都被报给了荣禄。得到讯息的荣禄，在维新派准备采取行动之前就忙着调兵部署，以备非常之需，也就是说即使维新派拉拢袁世凯成功，也起不了什么大作用。

当然，有机会总比走投无路要好得多。所以，今天无论是反思光绪皇帝和维新派缺乏政治斗争经验被"袁大头"耍了滑头，还是贬责因袁的圆滑而葬送了维新改革大事，都已经于事无补了。历史记录的永远都是过去，而面对过去人们只有汲取经验和教训，不让悲剧重新上演罢了。

◎ 喋血岂止"六君子"

综观中国历朝历代的变法改革，几乎没有风平浪静的，改革派与守旧势力不是进行激烈交锋，就是水火不容，乃至最后出现血腥屠杀。中国晚清时代的"戊戌变法"，就曾发生过血腥杀戮的悲惨一幕。当然，被杀戮的不仅是被称为"六君子"的维新志士，还有一种带领中国尽早进入近代科技和现代文明的先进思想，以及伴随这种思想而产生的革命精神。

光绪二十四年（1898年），以康有为为首的维新人物在光绪皇帝支持下，开始变法改革。变法以当年公历6月11日发布"明定国是"诏开始，仅仅经历103天就被慈禧太后等守旧势力所扼杀，史称"百日维新"。

慈禧太后发动政变的当天，派人包围了维新人士的活动场所——南海会馆，目的是搜捕康有为等人。不过，早在慈禧太后将要发动政变之前，光绪皇帝就派人告知了康有为等人，要他们尽早想办法应对，或者尽快逃离北京，以免杀身之祸。所以，在慈禧太后派人查抄南海会馆的前一天，康有为就已逃往天津，然后搭乘英国轮船转道上海，最后逃亡海外了。与老师康有为逃亡海外一样，梁启超在得知消息后先是躲在日本使馆里，然后乘坐日本兵船逃到了日本。然而，维新志士中除康、梁脱险之外，其余大批骨干分子大多遭到捕杀，

康有为故居

　　康有为故居位于北京市西城区米市胡同43号，即南海会馆旧址内。光绪八年至二十四年（1882—1898年）康有为在此居住，此处是筹划变法维新的主要活动场所

最引人注目的就是"戊戌六君子"：谭嗣同、杨锐、林旭、刘光第、康广仁和杨深秀。

　　1898年9月28日，也就是戊戌变法失败后的第七天，本来完全可以逃脱惨死命运的谭嗣同，在北京菜市口和其他5位改革者一起慷慨就义了。说他们是慷慨就义，我们从谭嗣同一首题为《狱中题壁》的诗中能够淋漓尽致地感受到：

　　　　望门投止思张俭，忍死须臾待杜根。
　　　　我自横刀向天笑，去留肝胆两昆仑。

　　湖南浏阳人谭嗣同，是清末资产阶级改良主义运动的政治家和思想家，也是一位才华横溢的诗人。他的诗作意境恢宏，气势豪放，笔力雄健，慷慨昂扬，或讴歌祖国的大好河山，或抒发忧国忧民的情怀，或表现维新变法的志向，或赞颂拯救祖国危难的豪情。正是这么一位改革勇士，在慈禧太后发动政变时毫无惧色，毅然拒绝别人的逃生劝说，坦然面对生与死的考验。他认为，只要变法就该有流血牺牲，而中国的变法还没有流血，所以中国还不能够强大，故中国变法必须流血，而流血就从他谭嗣同开始！这是怎样慷慨赴死的英雄气概，这是怎样视死如归的勇士精神，这又是怎样气壮山河的改革胆魄。

鉴于谭嗣同卓有成效的业绩，光绪皇帝在下令改革之初就召他进京参与变法新政。于是，谭嗣同一到北京光绪皇帝就立即召见他，并授予他军机章京之职，专门致力于维新变法。然而，在谭嗣同进京仅仅一个月后，顽固派就发动了那场政变，使他变法图强的愿望落了空。有人说，壮志未酬身先死是人生最大遗憾。我们不知道谭嗣同是如何看待这句话的，但从他坚韧不屈的人格和个性来说，他的遗憾绝对不是个人的生死，而是国家富强希望的破灭。

与谭嗣同慷慨赴死所不同的是，维新改革另一位健将梁启超选择的是"留得青山在，不怕没柴烧"。不同的人生选择，注定了不同的人生际运。

光绪二十年（1894年），梁启超跟随老师入京会试时，正赶上清政府在甲午海战中被击败，与日本议和签订割地赔款的《马关条约》。梁启超与老师康

"七贤"合影

1896年9月25日，谭嗣同（右一）与梁启超（左一）等"七贤"在位于上海外滩附近的"光绘楼"照相馆合影。

溥仪复辟

张勋复辟又称溥仪复辟，发生在民国六年（1947年）6月，张勋利用黎元洪与段祺瑞的矛盾，率5000"辫子兵"，借"调停"为名于6月14日进北京，拥戴已退位的清朝末代皇帝溥仪复辟，12天就宣告失败。图为复辟时溥仪坐在乾清宫宝座上。

有为联络各省举子，向光绪皇帝上万言书，提出拒和、迁都、变法的3项主张，引起了举国震动。4年后维新变法开始，梁启超应康氏召唤来到北京，决心为维新事业洒一腔热血。临行时，他慷慨地对友人说："吾国人不能舍身救国者，非以家累，即以身累。我辈以此相约：非破家不能救国，非杀身不能成仁，目的以救国为第一义，同此义者，皆为同志。"在变法过程中，光绪皇帝多次召见康有为和梁启超师徒二人，还破格授梁启超六品卿衔，专门办理翻译国外改良图书资料等事务。

同样，与谭嗣同和梁启超选择不同人生道路的

康有为，回国后积极参与帝制的复辟运动，和被称为"辫帅"的安徽督军张勋一起导演了一出历史闹剧。不过，虽然康老夫子的政治经验没有什么可以效仿的地方，但他那激进的改革思想和学富五车的古汉学知识，实在值得人们景仰和学习。

一代风云人物的风云事迹，如今早已成为历史陈迹。面对历史陈迹，特别是"戊戌六君子"那喋血街头的陈迹，人们又应该汲取些什么呢？

◎ 第三次垂帘显慈威

实际执掌中国晚清政权长达48年的慈禧太后，绝非一般女人可比，就连堂堂须眉在她面前也不敢有所造次。否则，无论她采取的是阴谋还是阳谋，或者干脆举起权力的屠刀，反正"造次者"只有倒霉的份儿了。在这48年中，慈禧太后先后有3次是坐在帘子后面处理政务的，但帘子丝毫也不妨碍她那恩威并重的声音传遍中国大地的角角落落。

慈禧太后3次垂帘听政时，清王朝都是多事之秋。当年"战乱皇帝"咸丰病死在热河避暑山庄时，慈禧便由贵妃一跃而成为太后。不过，慈禧太后的显赫也非轻易而来，而是经过一场险象环生的政变得来的。那时，因为儿子年幼不能独理朝政，咸丰皇帝在临终前就遗命八位顾命大臣辅佐同治皇帝。但是，精明的咸丰皇帝又怕大权旁落，便暗中给他的皇后钮祜禄氏和懿贵妃那拉氏留下了两方御印，以钳制八大臣。不料，正是因为有了这两方御印，才导致两位年轻太后与留在京城的小叔子恭亲王奕䜣携手击败手握重权的顾命八大臣，从而实现了慈禧太后的首次垂帘听政。

权力的魔杖一旦被人们破解了其中的奥秘，就使人舍不得放手了，何况慈禧太后本来就是一个热衷于权力的女人呢。所以，随着同治皇帝年岁的增长，也就意味着他亲政日期的临近，当然也是慈禧太后撤帘归政时刻的到来。然而，

刚刚咂摸出向全国民众发号施令滋味的慈禧太后，怎么也想象不出自己将如何度过正当年富力强的旺盛岁月，更不敢预想三十来岁的她怎样去适应失去权力后的人生。于是，她先是设计害死了处处妨碍她干预朝政的慈安太后，然后又时时监视、限制儿子同治皇帝施政纲领的颁行。而渴望扭转自道光以来一直疲软的朝政的同治皇帝，对于母亲慈禧太后的掣肘十分反感，几次奋起反击失效后，这位年轻的皇帝便开始自暴自弃，最后干脆沉湎于声色犬马之中，据说得了羞与人言的性病梅毒一命呜呼了。

儿子和权力绝对不是同量级的，只是有人看重权力而漠视人间亲情，慈禧太后就是这一典型。同

养心殿垂帘听政处

故宫养心殿前殿东暖阁，内设宝座，朝西。同治皇帝即位时年仅6岁，这里曾经是慈禧、慈安两太后垂帘听政处。

治皇帝死了，作为母亲的慈禧太后没有过多悲痛，因为她的心思在琢磨着让谁当皇帝她才能顺理成章地继续垂帘听政，玩弄她已经着迷了的权柄。于是，又一个年幼无知的幼儿皇帝光绪被抱上了龙庭，当然这个光绪皇帝还是慈禧太后的亲外甥加亲侄儿。之所以选择这样的幼童来主宰中华泱泱大国的命运，只能说是因为慈禧太后权欲熏心，否则没法把这种现象解释得清楚明白。

第二次如愿以偿的慈禧太后，在垂帘听政过程中不仅要处理所有的军国大政，还得汲取当年教化同治皇帝的失败教训，开始对光绪皇帝进行奴化教育，以便自己能够长久地执掌朝政大权。然而，事不如意者十常八九。已经成长为男子汉的光绪皇帝，对慈禧太后树立个人绝对权威的做法，由反感渐渐发展到反抗，乃至最后渴望彻底地改变它。特别是对于慈禧太后出卖祖先浴血奋战得来的江山的做法，光绪皇帝更是表露出强烈的反对情绪。而对于光绪皇帝的反抗情绪与不合作态度，慈禧太后早就有所察觉，并曾有过废掉光绪皇帝另立新君的想法，只是一直没有合理的借口。当然，面对根深蒂固的慈禧太后势力，光绪皇帝也不敢轻易造次，他在等待机会，等待能够一举反击成功的机会。中日甲午惨败是一个机会，由此引发的改良派强烈要求变法改革也是一个机会。于是，光绪皇帝积极支持变法，并慷慨激昂地颁发了"明定国是"诏，号召全民参与变法图强。改革号角一经吹响，广大民众群起响应，有识之士迅速聚集到光绪皇帝身边，一时间变法图强成了中国当时最"时尚"的事情。面对这种轰轰烈烈不可遏制的改革浪潮，精明的慈禧太后似乎也变得明智起来，不仅放手让光绪皇帝进行变法改革，自己还干脆移驾颐和园过起了清闲日子。

在颐和园里享受清闲的慈禧太后，其实并不清净，更悠闲不起来。因为光绪皇帝利用变法的目的，慈禧太后心里一清二楚，所以变法一开始她就密切注视，步步设防。就在"明定国是"诏发布后的第四天，慈禧太后就采取了3项重要措施：第一，迫使光绪皇帝下谕免去翁同龢协办大学士和户部尚书之职，"开缺回籍"；第二，凡是朝廷新任命二品以上大员，都必须到颐和园里皇太

强学会旧照

强学会是清末资产阶级创立的第一个维新派政治团体，由康有为发起、侍读学士文廷式出面组织，在帝党官僚首领翁同龢的支持下，于1895年8月在北京成立，其旧址在安徽会馆内。会员有徐世昌、袁世凯、张之洞、聂士成等数十人。

后面前谢恩，这不只是表明关系到人事调整等的重大事情由慈禧太后说了算，还告诉这些大员千万别跟错了主子，迷失自己的政治方向；第三，强迫光绪皇帝下令任命荣禄署理直隶总督，这一点意思很明白，就是要牢牢控制北京这个政治权力的中心。这还不算，几天后慈禧太后又任命荣禄署理步兵统领、授荣禄为文渊阁大学士，并正式任命荣禄为直隶总督兼北洋大臣。大权在握的荣禄一切听从慈禧太后派遣，不仅统率了董福祥的甘军、聂士成的毅军和袁世凯的新军，还迅速移防军队驻扎在京津周围。这些措施的采取，都为即将实行的政变打下了基础。再加上光绪皇帝和维新派错误地依靠惯于见风使舵的袁世凯，致使维新改革功亏一篑。

　　再一次发动政变成功的慈禧太后，不再搞什么遮遮掩掩的垂帘听政，而是走向中国政治舞台的前沿。在光绪皇帝被幽禁颐和园或者中南海瀛台时，在慷慨赴死的谭嗣同血溅中国改革史册时，在康有为和弟子们变革呼声响彻海外时，在民主革命先行者孙中山屡败屡起时，为所欲为的慈禧太后却对金发碧眼的洋人怕得要命，凡是洋人要求的事她都一律照办，甚至不惜大肆出卖国家领土和主权。而凡是代表广大中国民众愿望的，她都置之不理，抛在脑后，只知道一味地挥霍无度，奢侈浪费，对民众疾苦漠然视之，她的一切慈威都是施给她手下大臣和中国老百姓看的。于是，慈禧太后成了狠毒、阴险、狡诈、六亲不认、人性丧失、荒淫无度等几乎所有这类词汇诠释的对象。那么，时代发展到了今天，到底应该如何看待慈禧太后的人生轨迹呢？还是读者见仁见智好了。

南海瀛台

　　南海瀛台是明清帝王与后妃听政、避暑和居住的地方。因其四面临水，衬以亭台楼阁，像座海中仙岛，故名瀛台。"戊戌变法"失败后，光绪帝被长期软禁于此。

民国故园春秋事

　　1911年，主宰中原268年的清王朝在辛亥革命的一声炮响中，终于落下了几千年的封建帷幕。于是，皇家园林颐和园也就进入了民国的历史航道。民国那政局纷乱、战争频仍的社会状况，人们在千年甚至数千年前，就能够在中国的历史上找到翻版。而进入所谓人民民主的中华民国时代，却依然残留着封建社会的小朝廷余韵，颐和园依然还是爱新觉罗氏的私家财产。这种不伦不类的社会形态，到底给中国民众带来了怎样的后遗症，我们姑且不论。只是，由此而使颐和园又不知演绎了多少春秋故事，这也许是读者所感兴趣的。

◎ 皇家御园首开放

　　作为皇家御园，颐和园建造精巧，戒备森严，数百年来始终被蒙上一层神秘的面纱。为此，世人一直都对观瞻颐和园有一种强烈的渴望。然而，即便是中国末代皇帝溥仪退了位，按照民国政府给予清皇室的优待条件，他们依然能够堂而皇之地居住在紫禁城里，就连颐和园等皇家园林也成了其一家之私，并受到中华民国的特别保护。当时，虽然逊帝溥仪没有移住颐和园，但清室内务府对颐和园的管理仍然十分严格。不过，当时的中国毕竟不是清代，许多中外人士纷纷要求参观颐和园。于是，1913年4月这座皇家御园终于第一次敞开了禁闭数百年的神秘大门。

　　颐和园虽然对外开放了，但那时参观颐和园仍有十分严格的审批程序，还有许多当时和今天看来都不尽合理的限制。步兵统领衙门制定的《瞻仰颐和园简章》中规定，所有参观者必须经外交部批准，发给门照并通知清室内务府才能入园参观。后来，又改为外国人参观由外交部批准，中国人参观则由内务部或步军统领衙门办理。同时，对于参观颐和园还有人员身份的限定，即只容许"政、党、军、学界"人员参观，而"女界"不得入园，并规定各界每次入园参观人数仅限10人，且3天前就得将参观者的姓名、年龄向有关部门申报，由步军统领衙门发给门照，然后才能入园参观。即便如此，参观颐和园也不像今天这样能够每天随时入园游览，而是限定在农历每月逢六才开放，一个月仅开放3次，每次参观时间为上午9时至下午6时。据当时居住在颐和园附近的老人说，那时参观颐和园的手续十分严格，入园验照，出园交照，不容丝毫马虎。当时，由于明确规定不许"女界"参观，便引起妇女界的强烈反对，后来溥仪小朝廷不得不放宽政策，允许各政党的女眷和在校的女学生入园参观，这才稍稍缓解了一些矛盾。

颐和园门照

此为民国二年即1913年4月11日的门照，由外交部签发。5月29日，步军统领衙门制定了《瞻仰颐和园简章》。

　　不过，由于当时民国政府对清室的优待条件并不能完全落实，再加上溥仪小朝廷奢靡浪费严重，致使其"财政"出现严重赤字。然而，不善于节流的皇族人员便想尽办法进行开源，据说最艰难时竟抽干了中南海里的水，把鱼虾都捕获到街市上出售换钱使了。于是，《颐和园等处售券试办章程》的出笼便顺理成章。当然，当时的小朝廷也不讳言："于开放游览之中，寓存筹款之意。"而到了1924年的秋天，冯玉祥将军发动了"北京政变"，修改对清室的优待条件，还将溥仪等人驱逐出紫禁城，颐和园也从此不再属于皇家私产了。

　　当时，冯玉祥将军的"国民军"进驻颐和园后，国民政府的清室善后委员会和清室内务府将园内所有殿宇都进行了查封，但并未接收园林的管理机构，原先的人事制度也没有变更，且依然实行对外售票开放的政策。可后来，曾经接受过溥仪赏赐紫竹院恩惠的民国政府京畿卫戍司令王怀庆，竟然投桃报李地将颐和园又交还给清室。于是，1926年清室办事处（原清室内务府）派贝勒润麒再次接管颐和园，并成立"清室办事处经理颐和园事务所"，直到1928年7月1日南京国民政府内政部派员正式接收为止，才在同年8月15日交由北平市政府进行管理。在这期间，虽然颐和园一直也是售票开放，但从园林管理性质来看，颐和园真正成为公园应该从中华民国成立后的1928年算起。

　　颐和园虽然成了公园，但昂贵的门票却使许多人不得不停下入园参观的脚步。当时，参观颐和园的门票为银圆1元2角，还不包括游览其中各单体景观的费用，如排云殿收费5角、谐趣园2角、南湖3角、石丈亭1角、德和园1角、石舫1角，总共合计银圆为2元5角。当然，如果乘坐太平船、洋轮或人力车也是要收费的，如乘船每人2元，在东堤乘坐人力车由文昌阁至龙王庙每人需铜圆15枚，由龙王庙至绣漪桥则需铜圆20枚。那时在北京大学任教的吴虞曾带领家人到颐和园游览，他在当天的日记中记述说：

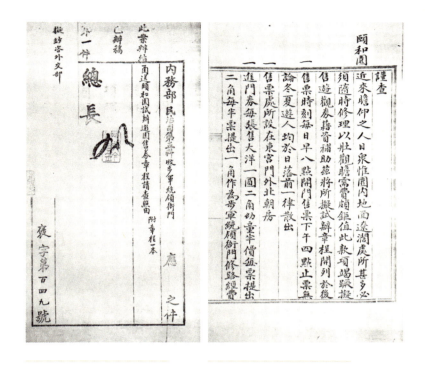

《颐和园等处售券试办章程》　　　《颐和园等处售券试办章程》

五月十五日（旧历），星期四，阴晴不定。同三女四女（吴的两个女儿），坐汽车游颐和园。往来车费十元，酒资洋一元。门票洋一元二。入排云殿又买票，每人洋五角，谐趣园又买票，每人洋二角。西餐洋十元，饮茶洋七角六。汽车场停车费三角。购买的颐和园图一张，洋一角。四女为予买枣木手杖一根，洋五角。园中陈设全收，桌上花瓶，只余木座，尘凝数寸，门贴封条，惟睹其建筑之宏壮……湖中有舟，游湖可三元则至五元。

吴家父女3人游一次颐和园，竟花去大洋20多块，相当于当时购买10袋面粉的钱，而10袋面粉约有400斤，可供一人食用一年有余。如此昂贵的票价，自然不是平民百姓家所能承受的，所以当时能够到颐和园里参观游览的依然是权贵豪富们。而当日本侵华战争爆发，日军于1937年7月31日占领颐和园时，游园不仅不需要什么门票，还设有免费的茶水招待。不过，那时能够入园参观的只有日本人。

1948年12月13日颐和园获得解放后，于第二年4月10日重新对外开放，并大大降低了入园门票价格。初始，颐和园每张门票价格定为2角（即当时旧币2000元），后改为1角，"文革"中改为5分，"文革"结束后又恢复1角，到了1991年初普通门票由1角又改为2元。颐和园票价几经变更的缘由，在1991年8月3日《中国旅游报》上曾有报道解释说：

1922年的颐和园长廊

民国时期，颐和园的票价对于普通民众来说实在高昂，能进颐和园游览的人寥寥无几。从画面中就能感受到1922年颐和园的那份空旷。

　　颐和园普通门票从一角提高到两元，调价幅度是比较大的。物价普遍上涨是个原因。但主要原因是，原来的票价是北京解放初期定的，那时候刚解放，主要考虑像颐和园这样的皇家园林应该属于人民。甚至一度将颐和园改名叫"人民公园"。当时还有人主张取消门票，因为这是人民的，应免票让老百姓参观。经过几十年的实践，现在看来这样下去将后患无穷。颐和园是目前世界上规模最大、保存最完整的唯一的东方皇家园林，其历史价值和艺术价值无法估量，是一个无价之宝。从这个意义上讲，我们要全心全意地保护它，尽善尽美地利用它。为什么世界上的东西要标个价，因为反映它的价值。像颐和园这么伟大的园林，普通门票只一角钱，这等于告诉人们它没有什么价值。颐和园不仅是中国人民的财富，也是人类共同的文化遗产，一角钱门票等于一支香烟，太便宜了。大家都来，最多时一天25万人次。文化素质不高，又不注意爱护，造成严重的人为破坏。有的专家说："这等于在用斧头砍一件极珍贵的艺术品。"长此下去，我们这一代如何向子孙交代。亡羊补牢，犹未晚也。必须立即用票价限制进园人数。现在2元一张的普通门票，是考虑到群众的承受能力而定的，并未完全按着颐和园的实际价值去标价，能否把参观人数控制在较为理想的数量仍很难断定。

　　当然，参观游览颐和园的门票之所以如此昂贵，除了它本身具有的艺术价值和历史价值外，还有就是它数百年来的神秘性。作为皇家御园，颐和园与皇家其他行宫苑囿一样，不是一般人能够入园的。据说，有一次李鸿章出使归来，路过已经被英法联军焚烧毁坏的圆明园时想进去看看。虽然他深知皇家苑囿森严的管理制度，但他以为看一座被毁坏的皇家园林遗址，也许不会有什么差错，即便稍有犯禁，凭着自己的威望也不会有多大问题。然而，当慈禧太后得知李鸿章擅自进入皇家苑囿时，十分震怒，对这位晚清重臣、北洋大员还是给以罚俸的惩处。试想，如果此事发生在一般官员身上，其获罪肯定是要严重

多了。正是基于这个原因，颐和园在一般人心目中是相当神圣而神秘的。

　　好在社会已经进入民主时代，颐和园也走向了普通的人民大众。虽然颐和园的神秘感消失了，但那精妙的园林艺术和不可复制的建筑价值，却得到了世人的认可和肯定。这，对于颐和园来说应该是一种幸运。

◎ 一代学人自沉昆明湖

　　敞开大门的颐和园，让世人见识了它神秘的同时，也被世人赋予了新的神秘。1927年6月2日，国学大师王国维自沉颐和园昆明湖而死，这是至今还令人琢磨不透的一个谜。

对于一代学人王国维，中国学子必然是不陌生的。而对于他自沉昆明湖的经过，人们也许就未必明了了。详述王国维投湖自尽的前前后后，应该有助于人们探究其中的真正缘由。1927年6月1日，清华大学国学研究院教授王国维，一清早就来到学校的工字厅。这天是国学院第二班36名学生毕业的日子，所以工字厅里早已布置妥当，毕业宴会即将在这里举行。毕业宴席共设有4桌，所有师生欢聚一堂，大厅里始终弥漫着一种喜庆的气氛，而王国维就座的那一席却寂然无声，人们已经习惯了他的沉默寡言，所以也没人特别在意。散席时，王国维和平常一样与人一一作别，离开工字厅后随陈寅恪一同散步回家，并顺路到陈寅恪家中进行长谈。这时，王国维的学生姚名达、朱广福、冯国端3人游园归来路过王国维家，一时兴起便到王家拜访。王国维在陈家接到家人电话后，即刻从陈寅恪家返回，并与学生们长谈一个小时左右，直到晚饭时才

王国维

王国维（1877—1927年），浙江省海宁州（今浙江省嘉兴市海宁）人，中国近代享有国际声誉的著名学者。1927年6月2日，王国维于昆明湖鱼藻轩自沉。

送走了学生。

晚上，学生谢国桢等上门拜访，交谈中涉及时局，王国维神色黯然地说："闻冯玉祥将入京，张作霖欲率兵总退却，保山海关以东地，北京日内有大变。"送走谢国桢等同学后，王国维应邀为他们题写扇面，内容是唐末韩偓（致尧）的七言律诗，一为《即目》（也称《即日》），另一首的题目是《登南神光寺塔院》。由于他是依据《玉山樵人集》《四部丛刊》初编，影印上海涵芬楼藏旧抄本，所以在扇面上他直接题写为"玉山樵人诗"。

其一

万古离怀增物色，几生愁绪溺风光。

废城沃土肥春草，野渡空船荡夕阳。

倚道向人多脉脉，为情因酒易怅怅。

宦途弃掷须甘分，回避红尘是所长。

其二

无奈离肠易九回，强抟怀抱立高台。

中华地向城边尽，外国云从岛上来。

四叙有花长见雨，一冬无雪却闻雷。

日宫紫气生冠冕，试望扶桑病眼开。

题完这两首诗，王国维又为谢国桢的一位名叫著青的年轻友人题了两首诗：

其一

生灭原知色即空，眼看倾国付东风。

惊回绮梦憎啼鸟，胃入情丝奈网虫。

雨里罗衾寒不耐，春阑金缕曲方终。

返生香岂人间有，除奏通明问碧翁。

其二

流水前溪去不留，余香骀荡碧池头。

燕衔鱼唼能相厚，泥污苔遮各有由。

委蜕大难求净土，伤心最是近高楼。

庇根枝叶从来重，长夏阴成且少休。

王国维为谢国桢等人题写的扇面，一般都认为是抄引前清遗老陈宝琛的《前落花诗》。此说最早出自吴宓之口，他认为是王国维借此来表明自己将死之志，但后来有人对照陈宝琛原诗时才发现这实在是一大误会，因为两者截然不同，充其量也不过是王国维步陈诗之韵罢了。不过，从以上4首诗来看，许多诗句似有不祥之语。题好这些扇面后，王国维还批改了学生作业，然后才安然入睡。据王国维的夫人后来回忆说，当晚王国维熟睡如常，根本没有什么异常举动。而第二天早晨起床时，据那时已经15岁的王国维女儿王东明回忆，"六月二日晨起，先母照常为他（王国维）梳理发辫，并进早餐，无丝毫异样"。

第二天，也就是6月2日早上8时，王国维准时来到清华国学院上班，一切如常，还与同事商谈了下一学期的招生事宜。处理完这些日常公务，王国维向研究院办公处工作人员侯厚培借2块银圆，因侯身边没有零钱就借给他5元钱一张的纸币。王国维从没有带钱的习惯，这是众所周知的，所以大家对此并不以为怪，也就没有人询问他干什么去。于是，王国维很随便地走出校门，叫了一辆由清华大学组织编号为35的人力车，径直往颐和园而去。上午10时左右，王国维到颐和园下车后让车夫在外等候，自己购票入内且直奔佛香阁排云殿下的昆明湖。漫步走过长廊，王国维在石舫前兀自独坐沉思，约半个小时后进入鱼藻轩。这时，他点燃一支纸烟，慢慢地抽完后掐灭了烟头，便从鱼藻轩

的石阶上猛然纵身跃入湖中，此时11时左右。而距鱼藻轩大约十几米处，正好有一个清道夫见有人跳水，便即刻奔来跳入水中救其上岸。虽然整个过程不过两分钟的时间，王国维不仅没有呛水，就连背后的衣服也未浸湿，但是由于湖水较浅，而王国维死志坚决，入水时用力将头首先栽下，所以口鼻中都被淤泥堵塞，以致窒息而死。

王国维投湖自尽的消息，直到当晚7时才传到清华大学。经过紧急商讨，8时许由校长曹云祥、教务长梅贻琦亲自带队，20余名教职员工和学生分乘两辆汽车赶赴颐和园。当时，由于北京的政治气氛较为紧张，负责颐和园戒严的守兵不许师生进入，经过反复交涉后才容许校长和教务长等少数几人入内。由于尸体未经检验，学校当夜不能将王国维的遗体运回，于是众人回到清华大学后便组成了治丧委员会，商定第二天办理丧事。6月3日，清华大学组织众人前往颐和园。这时，王国维的遗体仍停放在鱼藻轩亭子里的地面上，上面覆盖着一张破旧的篾席，篾席四周用砖块压上，景象煞为不忍，使观者人人面呈惨淡之色。移开篾席，哭声大劫，死者面目紫胀，四肢蜷曲着匍匐在地，真是惨不忍睹。等到下午4时左右，检察官才来到颐和园检验尸首，并从王国维衣袋中发现了一份遗嘱和剩下的4元4角钱。验尸后，清华大学组织人员对王国维的遗体进行了梳洗入殓，并于当晚9时将棺柩运到清华园南面的刚秉庙。当时参加送殡者，除王国维的亲属和部分学生外，还有梅贻琦教授、吴宓教授、陈寅恪教授、梁漱溟教授、陈达教授和北京大学的马衡教授、燕京大学的容庚教授等。

一代学人自沉昆明湖后，留给人们的不仅有无尽的哀思，还有供世人充分揣测的死因。虽然王国维自尽时留下了一封遗书，但正是遗书开头那语焉不详的两句话，更加调动了人们丰富的想象力。封面写着"送西院十八号王贞明先生收"的遗书，全文仅有百余字，照录如下：

五十之年，只欠一死。经此世变，义无再辱。我死后，当草草棺殓，即行槁葬于清华园茔地。汝等不能南归，亦可暂于城内居住。汝兄亦不必奔丧，因道路不通，渠又不曾出门故也。书籍可托陈、吴二先生处理。家人自有人料理，必不至不能南归。我虽无财产分文遗汝等，然苟谨慎勤俭，亦不至饿死也。

五月初二日，父字

留给儿子王贞明的这封遗书，写于夏历五月初二，也就是王国维自尽的前一天。其中，王国维对自己的后事有明确安排，还教导子孙当"谨慎勤俭"，依靠自己的勤劳来养活自己。特别是，王国维对自身遗体埋葬地的明确，不难

看出这位国学大师对清华大学的看重。而委托陈、吴二先生整理自己书籍一事，又可知当时被王国维引为知己的还有两位国学大师，那就是陈寅恪和吴宓。同时，从这封遗书中人们还能够体味出中国传统知识分子的一种优良品德，那就是鲁迅先生评价王国维的那句话："老实得如火腿一般"。

"老实得如火腿一般"的王国维为什么会自杀呢？当时及后世有诸多揣测，如为故国清廷殉葬，如不适应社会激变形势，如烦乱家事友情所迫，如学术追求不昌明等。其中，殉清一说流传最为广泛，原因来自末代皇帝溥仪的一道"谕旨"。

王国维自沉昆明湖后第五天，他生前最敬重的良师益友、儿女亲家罗振玉得知了噩耗。于是，正

民国时期的清华大学二校门

清华大学二校门是清华大学的象征。始建于清宣统元年（1909年），当时为清华正门。门额上刻有晚清军机大臣那桐1911年题写的"清华园"大字。

跟随在溥仪身边谋划投靠日本人的逊清遗老罗振玉，从天津急忙来到北平清华园进行吊唁。可出人意料的是，罗振玉来吊唁的同时还带来了末代皇帝溥仪的一道"诏书"。在这份"诏书"中，溥仪写道：

谕：

南书房行走五品衔王国维，学问博通，躬行廉谨，由诸生经朕特加拔擢，供职南斋。因值播迁，留京讲学，尚不时来津召对，依恋出于至诚。遽览遗章，竟自沉渊而逝，孤忠耿耿，伸恻朕怀。着加恩予谥忠悫，派贝子溥忻即日前往奠醊，赏给陀罗经被，并赏银贰千圆治丧，由留京办事处发给，以示朕悯惜贞臣之至意。

钦此

正是由于有了溥仪的这道"诏书"，许多人再联想到王国维当年"奉诏"欣喜出任逊清"南书房行走"一职，使王国维之死顺理成章地被认为是"殉清"。特别是在这道"诏书"中，溥仪所提到王国维临终前的"遗章"，也就是后来罗振玉出示的所谓王国维的"遗折"，更加铁证如山，让人百口莫辩。然而，殊不知末代皇帝溥仪这道"诏书"的出笼，却是源于罗振玉出于政治目的而伪造王国维的"遗章"。罗振玉得知王国维自沉昆明湖后，唆使其子模仿王国维的笔迹，以凄楚哀怨的语气伪造了所谓王国维的"遗章"，以致感动溥仪下了那道"诏书"。揭露这件事情真相的，是在罗振玉死后溥仪出版的那本自传《我的前半生》。在书中，溥仪说："王国维死后，社会上曾有一种关于国学大师殉清的传说，这其实是罗振玉做出的文章，而我在不知不觉中，成了这篇文章的合作者。"不过，无论溥仪"合作"那篇文章是有意还是无意，在当时和后世都对研究王国维的死因起到了极大的误导作用。当然，王国维生前的外在形象，也多多少少地为"殉清"论者提供了嚼舌的根由，那就是他脑后

那根具有强烈象征意义的长辫子。但是，了解王国维的人却并不以为然，特别是被王国维引为知己的陈寅恪和吴宓两教授更有着精深的解释。他们一致认为，王国维脑后的那根辫子，只是传统文化人的个性使然，绝对不是什么外人流传的不忘清廷的象征。陈、吴两位国学大师还一致认为，王国维的死是自殉于传统文化，而非外人揣测的殉清。关于这一点，人们可以从当年就竖立在北京清华园里陈寅恪教授为王国维撰写的碑铭中领会出。全文照录这一碑铭，不为别的，除了供关注王国维的人们研究之外，还因这碑铭曾一度被有关人等所回避。碑铭如下：

海宁王先生自沉后二年，清华研究院同人咸怀思不能自已。其弟子受先生之陶冶煦育者有年，尤思有以永其念。佥曰，宜铭之贞珉，以昭示于无竟。因以刻石之词命寅恪，数辞不获已，谨举先生之志事，以普告天下后世。其词曰：士之读书治学，盖

海宁王先生之碑铭

王国维碑位于清华大学校园内工字厅东南侧，碑阳为"海宁王静安先生纪念碑"，碑阴为《海宁王先生之碑铭》，碑式由梁思成设计，陈寅恪撰文。

将以脱心志于俗谛之桎梏，真理因得以发扬。思想而不自由，毋宁死耳。斯古今仁圣所同殉之精义，夫岂庸鄙之敢望！先生以一死见其独立自由之意志，非所论于一人之恩怨，一姓之兴亡。呜呼！树兹石于讲舍，系哀思而不忘。表哲人之奇节，诉真宰之茫茫。来世不可知者也，先生之著述，或有时而不章；先生之学说，或有时而可商，惟此独立之精神，自由之思想，历千万祀，与天壤而同久，共三光而永光！

在这一碑铭中，陈寅恪先生除否认王国维自沉昆明湖是殉清或其他的原因外，还着重阐明了他的死是"独立自由之意志"之缘故。这，也许是王国维自沉昆明湖的真正原因。

解开一代国学大师王国维自投昆明湖死亡之谜，颐和园又迎来了国共和谈解放北平的往事。那么，这段往事又有着怎样的神秘呢？

◎ 景福阁国共和谈

1949年1月，中国人民解放军兵不血刃地接管了北平，确实是中国共产党在解放战争中书写的鸿篇巨制之一。今天重新细细品读这一历史诗篇，人们不难发现颐和园这座皇家御园也曾在其中担当了极为重要的角色，那就是国共和谈地点之一就选在万寿山东侧的景福阁里。

中国共产党取得东北战役的胜利后，林彪、罗荣桓率东北野战军百万雄兵秘密入关，与聂荣臻率领的华北野战军联手发起平津战役。国民党驻守平津的是蒋介石手下头号战将傅作义，这位"华北剿总"总司令不仅统辖着京津绥唐等大片领地，还拥有数十万骄兵悍将。正是基于这些"优势"，傅作义才梦想与中国共产党做最后一搏。不过，面对国民党军队兵败如山倒的颓势，特别是蒋介石政权的每况愈下，傅作义又对为蒋家王朝与共产党相抗衡而心存犹疑。

景福阁

景福阁始建于乾隆十九年（1754年），原名叫昙花阁，是一座六瓣莲花形的三层楼阁。咸丰十年（1860年）被英法联军烧毁，光绪十六年（1890年）重修时改建为一层建筑，称景福阁。

正是洞察了傅作义的这种矛盾心理，共产党的领袖们才试图争取他率兵起义，以达到和平解放平津的战略目的。当然，面对这些地区大量而极为珍贵的历史文化遗产，特别是六朝古都北平城内外那精妙绝伦的古建筑和皇家园林，中国共产党的领袖们实在是不愿意让战火去毁灭它们。于是，国共和谈、和平交接北平的念头也就顺理成章地在双方领导人的脑海中形成了。

在中国近代史上，国共和谈曾有多次，但任何和谈都是建立在军事进攻基础上的，故北平和谈也不例外。当然，强有力的军事行动是为了争取谈判桌上的主动，以便赢得符合各自心意的和谈条件。所以，双方在和谈之前都积极地排兵布阵，直到中国共产党已经完全掌握了这场战役的决胜权，傅作义才派遣自己的心腹、北平平明日报社社长崔载之秘密"出使"中国共产党，主动寻求和平解决平津等地问题的良策。

人民解放军平津前线司令部参谋长刘亚楼受命会见了崔载之，并在天津蓟县（今蓟州区）八里庄进行了初次谈判。由于双方条件差距太大，谈判没有任何结果。不过，从傅作义派出谈判人员的身份来看，明显带有一种试探对方的性质。既然谈判是试探性的，双方试探性的交战也就在所难免。

1948年12月13日，东北野战军前卫团进入万寿山与圆明园遗址之间，突遭国民党军队的猛烈炮击。为避免此间诸多高校和文化古迹遭受炮火毁坏，解放军平津前线司令部命令该部火速避开圆明园古迹和清华、燕京等校区，从万寿山以西地区打开通路，并于14日下午占领丰台，从而完成了对北平进行军事合围的目的。

大战在即，毛泽东以中央军委名义亲笔急电林彪和罗荣桓等指挥员，明确指示说：

请你们通知部队注意保护清华、燕京等学校及名胜古迹等。

八里庄谈判

1948年12月19日，傅作义的代表崔载之与解放军平津前线指挥部领导进行了第一次和谈。图为人民解放军代表苏静（左二）、国民党华北"剿总"代表崔载之（左一）和中共地下党代表李炳泉（左三）。

3天后，毛泽东又起草中央军委《关于充分注意保护北平工业及重要文化古迹》的电报，补充指出：

沙河、清河、海甸（淀）、西山系重要文化古迹区，对一切原来管理人员亦是原封不动，我军只派兵保护，派人联系。尤其注意与清华、燕京等大学教职员、学生联系，和他们共同商量如何在作战时减少损失。

根据这一电示精神，参加平津战役的有关部队一到达北平西郊，立即就把颐和园、香山、八大处等名胜区和清华、燕京大学等文化设施保护起来。同时，前线部队还请来维新改革健将梁启超之子、中国著名古建专家梁思成教授，在一张军用地图上标出北平城区重要建筑和文化古迹的位置，画出禁止炮击的地区，以备万一与傅作义和平谈判失败后，不得已而攻城时尽可能地保护文物建筑，避免造成破坏。

1948年12月13日，颐和园首先获得解放，当时的北平市军事管制委员会主任、北平市市长叶剑英同志就将指挥部设立在园内。当时，颐和园内古建残旧，文物破损，满目荒芜；昆明湖里淤泥堆积，长满了荒野蒲苇；昔日幽静美丽的万寿山后山和西堤之间，三五成群的狐狸和长虫时常出没其间；而佛香阁等古建不是毁坏坍塌、油饰剥落，就是木架倾斜、支离破裂，到处都是凄楚荒凉的景象。面对破败到如此境地的皇家御园，叶剑英指示部队对园林进行了初步清理，并与平津前线司令部首长们商议将颐和园的景福阁确定为一处谈判地。

正式谈判开始之前，傅作义还是心存幻想和有所忌惮的。幻想的，是想依靠手中军队顽抗一番，以获得相对较好的归宿；而忌惮的，则是自己作为共产党开列的43名国民党战犯之一，担心会被共产党作为战俘而枪决。为了打消傅作义心中的顾虑，共产党的领袖们暗示傅作义只要举兵起义，便保证对他不以战犯论处，并在政治上给予他相应的地位。同时，为了破灭他心存的幻想，人民军队果断发起新保安和张家口战役，全歼傅作义在这些地区的守军，还完全截断了他东西逃生的退路。面对于自己日益不利的形势，傅作义整日里愁绪满怀，坐卧不宁，真可谓是左右两难，进退维谷。这时，运筹帷幄而又情理并融的共产党领袖们，在派遣担任天津《大公报》记者的傅作义之长女、中共地下党员傅冬菊规劝傅作义早日举兵起事的同时，还以雷霆万钧之势在短短不到30个小时内又全歼了他在天津的13万守军，使傅作义倚为强力援助的"掎角"被摧毁。

梁思成

　　梁思成（1901—1972年），梁启超之子，中国著名建筑历史学家、建筑教育家和建筑师，毕生致力于中国古代建筑的研究和保护

　　已经陷入绝境的傅作义，这时不得不再次派遣亲信代表邓宝珊、周北峰与林彪、罗荣桓和聂荣臻进行谈判。同时，他还向在北平的著名学者名流发出请帖，邀请他们来到中南海，征求这些学者名流对当前时局的看法和建议。应邀前来赴宴的，有徐悲鸿、周炳琳、马衡、郑天挺、黄觉非、朱光潜、许德珩、贺麟、叶企孙、杨振声、何海秋、王铁崖、黄国璋、康同璧等20余人。面对这些学者名流，傅作义诚恳而简要地说："局势如何，想

傅作义

　　傅作义（1895—1974年），山西临猗人，抗日名将。抗日战争时期任第七集团军总司令，解放战争时期任华北"剿总"司令，1949年1月促成北平和平解放。

听听各位的意见，以作定夺。"停顿片刻，大家纷纷发言表示，和平才是唯一出路。维新领袖康有为年逾花甲的女儿康同璧慷慨陈词："北平有人类最珍贵的文物古迹，这是无价之宝，绝不能毁于兵火。"徐悲鸿教授也说："北平200万市民的生命财产，系于将军一身。当前形势，战则败，和则安，这已是目前的常识问题。"虽说和平解放北平是"常识问题"，但是要想使名震中外的抗日名将、"华北剿总"总司令傅作义下定决心却非易事。待学者名流们走后，傅作义在中南海偌大的居仁堂内默默地坐在宽大的沙发里，点燃一支香烟慢慢地吸起来，陷入沉思。

　　就在傅作义陷入沉思的时候，他的和谈特使、"华北剿总"副司令兼晋陕绥边区总司令邓宝珊和周北峰来到北平通县，与林彪等人坐到了谈判桌前，这是1949年1月14日。经过两天的谈判，双方在16日签署了北平和平解放的初步协议。在邓宝珊和周北峰回北平复命前，罗荣桓将由他和林彪两人共同签署的平津前线司令部致傅作义的信托邓宝珊转交。在那封信中，平津前线司令部写道：

北平被围业已月余，人民痛苦日益增重。本军一再推迟攻击时间，希望和平解放，至今未获结果。贵将军身为战争罪犯，如果尚欲获得人民谅解，减轻由战犯身份所应得之罪责，即应在此最后时机，遵照本军指示，以求自赎。……如果贵将军及贵属竟悍然不顾本军的提议，欲以此文化古城及二百万市民生命财产为牺牲，坚决抵抗到底，则本军为挽救此古城免遭贵将军及贵属毁灭起见，将实行攻城……

这封信措辞激烈，含有一定的威慑意味，但精明的邓宝珊和周北峰二人没有立即将信转交给傅作义，而是积极促成傅作义与共产党达成和谈共识。当然，傅作义将军也是十分明智的，他也不希望北平诸多文化遗产在他的决定中毁坏，而使自己成为遭人唾骂的千古罪人。于是，和平解放北平终于达成共识。

1949年1月19日，由北平市长叶剑英主持，在颐和园益寿堂召开了有双方代表参加的第一次会议。会议决定，1月31日上午12时以前，北平城内所有国民党军队全部撤到城外指定地点，当日由人民解放军入城接防。1月26日，

交接仪式

1949年1月，国民党守军与接管的中国人民解放军在城外举行交接仪式。

叶剑英又在颐和园向接管北平的共产党干部做报告，并按照1月19日双方签订的《关于北平和平解放问题的协议书》，成立了国共双方人员组成的联合办事机构，以便于完成接管北平的工作。5天后，也就是1949年1月31日，六朝古都北平和平解放。

见证了北平和平解放这一伟大事件的颐和园，从此迎来了新的辉煌。

◎ 毛泽东小憩益寿堂

北平和平解放后，驻守在河北平山县西柏坡窑洞里的中国共产党领袖们决定进驻北平，筹建中华人民共和国，并决定改北平为北京，定都于此。1949年3月24日，毛泽东和他的助手们从西柏坡起程进京，进驻京城的第一站就是皇家御园——颐和园。

1949年3月25日早上，颐和园管理处主任柳林溪接到北京市政府秘书长薛子正的电话。来到市政府秘书长薛子正的办公室，还没等柳林溪开口，薛子正就说："介绍信已开好，你拿着信乘我的车，火速赶到社会部找李克农部长报到。具体任务，李部长会向你交待。"柳林溪一时摸不着头脑，但看到薛子正语气急迫，面部表情也很严肃，就没有多问便走出薛子正的办公室，赶往社会部。李克农部长接过柳林溪递过来的介绍信，看完后又仔细打量了一下柳林溪，而后非常严肃地说："今日，党中央毛主席从西柏坡来北平，要在颐和园景福阁休息。你在东大门等候，负责接待安排毛主席和中央领导同志休息。""保证完成任务！"按捺不住激动心情的柳林溪，似乎觉得刚才的回答并不圆满，便又补充了一句："保证高质量高标准地完成接待任务！"

经过紧急准备，颐和园内一切就绪。柳林溪来到颐和园东宫门外，迎候毛泽东等中共中央领导同志的到来。等到车队停稳，柳林溪见从第一辆车上下来的就是毛泽东，便急忙快步迎上前，毛泽东与他握手后关切地问："你叫

什么名字？是颐和园的负责人？"柳林溪激动地回答说："我叫柳林溪，是颐和园管理处主任。""哦，是主任，官还不小呢！"毛泽东风趣地说。这时，朱德、刘少奇、周恩来和任弼时等中央领导同志也都相继下了车。毛泽东见他们靠拢过来，便一挥手说："走吧！"于是，柳林溪领着毛泽东等中央领导同志来到景福阁的益寿堂。

位于万寿山东部山顶的景福阁，乾隆时为菊花形的昙花阁，慈禧太后重修后改称为景福阁。阁向朝南，前后各五间，由四周曲廊相通，凭栏远望，全园美景尽收眼底。在景福阁东北方，有一所坐北向南的小宅院，这就是供毛泽东小憩的益寿堂。柳林溪将毛泽东引进景福阁后，认为毛泽东等中共中

益寿堂垂花门

益寿堂始建于光绪年间，位于颐和园花承阁以东中御路南面的山腰间、景福阁东侧半山坡，是一处幽静的院落。

央领导同志长途跋涉已经很劳累了，就主动告辞离开了景福阁。可他怎么也没有想到，在深夜12点多钟时毛泽东却打来电话，要柳林溪到景福阁去谈话。柳林溪急忙赶到景福阁毛泽东的住处，一场谈话看似很随便，却为颐和园等园林建设指明了新的方向。

毛泽东首先问柳林溪："你是什么时候认识我的？"柳林溪说："1943年时，在延安行政学院、自然科学院学习，多次聆听您的报告。"随后，柳林溪又将他在延安几年的工作情况向毛泽东做了汇报。毛泽东听完后很高兴地说："那我们是老相识了。"然后，毛泽东话锋一转问起颐和园的情况。由于毛泽东博览群书，通晓古今历史，对颐和园的

益寿堂正殿松春斋和院内藤萝架

益寿堂正殿名松春斋，面阔五间，后接抱厦三间，前出廊，悬山式勾连搭双卷灰瓦顶。东西配殿各三间，硬山式屋顶。院内有清代藤萝架。

来龙去脉及几经沉浮的历史都非常清楚，所以他问的不是这些，而是颐和园接管后的情况。毛泽东开口一连串地问道："颐和园接管了多少旧职员，多少工人，有没有太监，他们的生活怎样？"柳林溪谨慎地向毛泽东汇报说："我们接收旧职员20多人，工人30多人，没有太监。北平被包围时，全园职工生活比较清苦，连工资都领不到，个别职工春节都无法过。我们进城接管后，了解到这一情况，立即报告给市政府，从市财政局借来钱给职工发了两个月的工资。"

听了这些，毛泽东点了点头说："对原有职工的生活我们要包下来，不要辞退，不要解雇，原薪是多少就发多少，不要叫人家说国民党时期我们有

益寿堂东配殿

毛泽东到达益寿堂的当日晚上，代表中共中央在益寿堂宴请全国各地前来北京参加中国人民政治协商会议第一届全体会议的民主人士一个月后，柳亚子先生从市内迁居到益寿堂。

饭吃，共产党来了反倒没有饭吃了。如果那样，就不好了。"停顿了一会儿，毛泽东接着说道："过去我们在山沟里打游击有经验，进了大城市搞公园就不行了。没有经验，要向老工人学习嘛，从没有经验到有经验，先把原有的公园管好。过去的公园是地主资产阶级有钱人逛的，劳动人民一没有钱，二没有时间逛公园。我们今后还要建设许多新公园，让劳动人民都能逛公园。在劳动之余，有时间在公园休息娱乐，缓解疲劳，再回到工作岗位上，为国家做更多的工作。"从此，毛泽东这一席话便成了新中国园林建设的总方针。

在颐和园小憩后，毛泽东等中央领导人便移居到北京西郊的香山。在香山双清别墅，毛泽东发表了《南京政府向何处去？》《向全国进军的命令》《人民解放军占领南京》等重要文章和诗篇，还决定在颐和园的景福阁与国民党政府再次进行和谈，并一直居住到当年6月份才入住中南海。

在此期间，为迎接新中国的开国大典，颐和园人对全园进行了细致的勘察，抢修建筑，增补花木，使颐和园焕然一新。特别是风光旖旎的南湖岛，因为至今还流传着毛泽东与民主人士柳亚子一段诗词唱和的佳话，而更加引人遐思神往。

◎ 南湖岛上传佳话

关于国民党元老、著名诗人柳亚子与一代伟人毛泽东的友谊，可以追溯到1926年的广州岁月。那时，许多共产党人都在国民党政府里任职，毛泽东就是国民党政府宣传部的代理部长，而作为国民党右派人物的柳亚子自然与共产党人相识。后来，由于蒋介石发动压制共产党人的"中山舰事件"，使柳亚子等国民党元老纷纷发表言论谴责蒋介石，而对中国共产党人却充满同情和敬重。正是基于这样的历史渊源，才有了20多年后柳亚子应邀来到已经是中国共产党主政的北京城，并在皇家御园颐和园里与毛泽东演绎了一段流传至今的诗词唱和佳话。

其实，毛泽东与柳亚子的诗词唱和，早在1945年8月毛泽东赴重庆谈判时就已被国人所颂扬。那时，毛泽东不避生命之险，应邀来到重庆与国民党进行和谈。柳亚子得知消息后，专门来到毛泽东住地曾家岩50号周公馆与其相会。久别重逢，柳亚子为毛泽东的大智大勇所钦佩，即兴赋诗感叹：

阔别羊城十九秋，重逢握手喜渝州。

弥天大勇诚能格，遍地劳民战尚休。

霖雨苍生新建国，云雷青史旧同舟。

中山卡尔双源合，一笑昆仑顶上头。

柳亚子对毛泽东亲赴重庆谈判的举动，极为推崇，称之为"弥天大勇"。而一番长谈之后，柳亚子又感慨道："与君一席肺肝语，胜我十年萤雪功。"对于柳亚子的拜访及表现出的推崇，毛泽东也很感动，曾亲自到柳家进行回访。在那次回访中，毛泽东留下了"前途是光明的，道路是曲折的"经典名言，至今仍被世人所引用。

在重庆期间，柳亚子还请来名家为毛泽东刻印画像，并也向毛泽东索要诗词。在得到今天人们都已耳熟能详的《七律·长征》后，毛泽东在离开重庆前还手书了他创作于1936年2月的词《沁园春·雪》，并在上面写下"录呈审正"字样送给柳亚子。柳亚子接到毛泽东的赠词后，捧读再三，不禁被"北国风光，千里冰封，万里雪飘"的气概所感染，直呼"大作，大作"。而后他又反复推敲，赞叹毛泽东为中国有词以来的"第一作手"，并认为苏东坡和辛弃疾也"未能抗手"。激动之余，柳亚子步毛词之韵做了和词。为了方便读者玩味两词的韵味，照录如下：

沁园春·雪

北国风光，千里冰封，万里雪飘。望长城内外，惟余莽莽；大河上下，顿失滔滔。山舞银蛇，原驰蜡象，欲与天公试比高。须晴日，看红装素裹，分外妖娆。

江山如此多娇，引无数英雄竞折腰。惜秦皇汉武，略输文采；唐宗宋祖，稍逊风骚。一代天骄，成吉思汗，只识弯弓射大雕。俱往矣，数风流人物，还看今朝。

柳亚子在和词中写道：

廿载重逢，一阕新词，意共云飘。叹青梅酒滞，余怀惘惘，黄河流浊，举世滔滔。邻笛山阳，伯仁由我，拔剑难平块垒高。伤心甚，哭无双国士，绝代妖娆。

才华信美多娇，看千古词人共折腰，算黄州太守，犹输气概，稼轩居士，只解牢骚。更笑胡儿，纳兰容若，艳想浓情著意雕，君与我，要上天下地，把握今朝。

不过，柳亚子在和词的同时还连同原词一并送到重庆的《新华日报》，准备公开发表。对此，周恩来带领的中共代表团却只同意刊登和词，婉拒发表原词。柳亚子明白这是担心有人会以"类似帝王口吻"为由进行攻击中伤，但他认为毛泽东既然把词赠予他，便不应禁发。另外，当时重庆各界在报上只见到柳亚子的和词而不见毛泽东的原词，也纷纷好奇地进行探问。于是，柳亚子便"不自讳其狂"，开始把毛泽东的原词向一些友人转发。《新民报·晚刊》副刊编辑吴祖光得到原词后，立即在该报副刊上进行公开发表，还加"按语"称其"气魄之大乃不可及"。此词一经刊发，立即在山城重庆引起强烈轰动，其影

响波及全国。对此，蒋介石的"御
用文人"受命在国民党《中央日报》
等报刊上连续发表20余首"和词"，
咒骂毛泽东是"黄巢、白起，杀人
掠地，自炫天骄"。而柳亚子与郭
沫若等人则奋起撰写回应和词，斥
责那些"御用文人"是"朽木之材
未可雕"。一时间，围绕着毛泽东
的《沁园春·雪》和柳亚子的和词
而展开的论战，真可谓唇枪舌剑，
各不相让。由此，也使柳亚子获得
了崇高声誉。

柳亚子

柳亚子（1887—1958
年），江苏吴江黎里镇
人，中国近现代政治
家、民主人士、诗人。
1949年出席中国人民
政治协商会议第一届
全体会议。

　　1949年，柳亚子等人应中国共产党邀请，从香
港经烟台、济南、沧州等地前往北京，准备参加新
中国第一届政协会议。得到邀请后，柳亚子兴奋之
情溢于言表：

　　六十三龄万里程，前途真喜向光明。
　　乘风破浪平生意，席卷南溟下北溟。

　　然而，柳亚子到达北京后情绪开始发生变化。
原来，在柳亚子到达北京之前，中国共产党与先期
到达的各党派领导人就已商定：新政协代表每党推
举6人参加。而民革中央举行联席会议时，只推选
了李济深等6人为代表，根本没有柳亚子的份（在

日后按要求增加的名额中才加上了他）。于是，满怀热切希望来到北京的柳亚子没有资格参加新政协的筹备工作，这岂是自命为第一流政治家的柳亚子所能接受的。另外，柳亚子还一直以诗坛领袖自居，再加上他与毛泽东的特殊关系，故他曾高傲地说："除却毛公即柳公，纷纭余子虎龙从"，"一代文豪应属我，千秋历史定称翁"。后来，由于中央临时政府一时没能抽出车辆送柳亚子到香山碧云寺瞻拜孙中山的衣冠冢，使他的脾气更加暴躁，以至于干脆请了一个月的假，连会议都不参加了。而等到毛泽东进城后，柳亚子便以《感事呈毛主席一首》的诗发牢骚说：

开天辟地君真健，说项依刘我大难。

夺席谈经非五鹿，无车弹铗怨冯驩。

头颅早悔平生贱，肝胆宁忘一寸丹。

安得南征驰捷报，分湖便是子陵滩。

在这首诗中，柳亚子自比战国时期著名四君子之一孟尝君的门下因失意而弹铗出走的食客，表示了待解放军南征胜利后便回江南故乡隐居之意。而这时，毛泽东正在运筹百万大军下江南之际，可以说是日理万机，当他收到柳亚子的诗后，仍向有关部门询问了情况，并派人将柳亚子从六国饭店移住到颐和园益寿堂。同时，毛泽东还写了《和柳亚子先生》的诗安慰他说：

饮茶粤海未能忘，索句渝州叶正黄。

三十一年还旧国，落花时节读华章。

牢骚太盛防肠断，风物长宜放眼量。

莫道昆明池水浅，观鱼胜过富春江。

入住颐和园益寿堂的柳亚子，在接到毛泽东的和诗后，十分感动。于是，他又步原韵赋了一首七律予以应和：

东道恩深敢淡忘，中原龙战血玄黄。
名园容我添诗料，野诗凭人入短章。
汉彘唐猫原有恨，唐尧汉武讵能量。
昆明湖水清如许，未必严光忆富江。

然而，耐不住寂寞的柳亚子在益寿堂虽然有众多人员侍候，但他的脾气仍时有反复。一次，当管理员恭敬地请示他晚餐的食谱时，柳亚子突然怒吼道："我不吃干菜，给我买鲜黄瓜！"盛怒之下，柳亚子还打了管理员一个耳光！此事很快报到周恩来那里，周恩来和夫人邓颖超立即带着酒席来到颐和园，在听鹂馆宴请柳亚子。宴席上，向来温和的周恩来在与柳

听鹂馆

听鹂馆始建于乾隆十五年（1750年），咸丰十年（1860年）被英法联军烧毁，光绪十八年（1892年）重建。正殿面阔五间，东西耳房各五间，东西配殿各五间，戏楼面阔五间，抱厦五间为戏台。

亚子干杯之后说："柳老，我给你提个意见，可以吗？"随后，周恩来便严肃地说："柳先生，打人，在我们人民队伍里是不允许的。"见柳亚子一时愣住，周恩来又缓和口气说："柳先生，我们进城不久，许多事情安排不周。今后有的是工作请你做，请你还要多加保重。不当之处请您原谅，我还有事，先走一步，由邓颖超同志陪你们。"对于周恩来如此直言不讳的批评，柳亚子是始料不及的。不过，向来公正的周恩来毕竟没有"护短"，在离开听鹂馆后他又耐心地向管理员交代说："柳老是我们党的老朋友，帮过我们许多的忙。他的生活你们

一定要照顾好。"随后，周恩来还进一步叮嘱说："凡是柳老要求的，必须完成，他没有提出来的，我们也要想到。不要限制经费标准，这里不是陕北，也不是西柏坡，北平有高级市场嘛！"

事后，周恩来还向毛泽东汇报了事情的经过。于是，1949年5月1日毛泽东与家人来到颐和园游园时，特意拜访了柳亚子。那时已过中午，柳亚子正在睡午觉，工作人员通知他说毛主席来访，可是等了好一会儿，也不见柳亚子出来。院落中没有遮阴处，毛泽东就在日头下晒着，工作人员急着要进去催柳亚子，而毛泽东却制止他们并小声地告诉说：高级人士见客，要穿好衣服，收拾收拾，照照镜子。哪里像你们，一蹦就蹿出来了。果然，不一会儿柳亚子携夫人双双穿戴整齐迎了出来。只见柳亚子身着西装，他的夫人则穿了一件旗袍，俩人并排而立，恭恭敬敬地向毛泽东行了90度的鞠躬礼。随后，毛泽东与柳亚子开始在堂中读诗。毛泽东称赞柳亚子既是政治家又是诗人，还表示喜欢柳亚子的诗。柳亚子坦承自己写的是老一套，称赞毛泽东的诗词既通俗易懂又寓意深长。谈了一会儿，柳亚子与毛泽东并行走出益寿堂，边走边谈不禁忘了先前的不快。后来，两人又登上画舫荡舟于湖光山色之中，谈话气氛也更加轻松。柳亚子奇怪地问道："润之是个诗人，是靠什么妙计能够这么快地打败蒋介石？"毛泽东笑道："最大的妙计是人民的支持。几万只木船同时渡江，国民党的军舰挡也挡不住。"毛泽东还风趣地说："在国民党统治之下，我总是提醒你不要赤膊上阵。现在是人民的天下，你尽管赤膊上阵，讲话、发表文章都可以！人身安全有保障，我们也会尊重你的意见。"毛泽东的一席话，使柳亚子十分振奋。4天后，也就是5月5日，是孙中山就任临时大总统28周年，毛泽东派秘书田家英驾车来接柳亚子与其夫人，准备一道去拜谒孙中山的灵堂与衣冠冢。而后，毛泽东还安排家宴招待他们夫妻二人，陪同的还有中国人民解放军总司令朱德。

毛泽东和其他共产党人如此礼遇，柳亚子当即表示不再回乡隐居，要留

柳亚子和夫人在颐和园佛香阁前

下来接受中央人民政府的工作安排，决心"于毛公有所献替"。不料，随后无论柳亚子建议设立国史馆修撰明史和中华民国史，还是自荐担任江苏人民政府顾问，以及要求聘用私人秘书等，毛泽东都没有答应。于是，柳亚子又赋诗抱怨说："旭日中天防食昃，忠言逆耳费思量"，"英雄惯作欺人语，未必牢骚便断肠"。对此，周恩来趁5月28日柳亚子63岁寿辰时特意来到颐和园祝贺，可恰逢柳亚子进城赴宴。于是，周恩来在新政协筹备会开幕前夕又一次特意夜访颐和园，因见柳亚子早睡，便未惊动他。中华人民共和国成立后，柳亚子住进北长安街，毛泽东亲笔为他题写"上天下地之庐"的匾额。对此，柳亚子用饱满的热情写下了不朽名作《浣溪沙》：

火树银花不夜天，弟兄姊妹舞翩跹，歌声唱彻月儿圆。

不是一人能领导，那容百族共骈阗？良宵盛会喜空前！

毛泽东为了回赠柳亚子，也写了一首和诗《浣溪沙·和柳亚子先生》：

长夜难明赤县天，百年魔怪舞翩跹，人民五亿不团圆。

一唱雄鸡天下白，万方乐奏有于阗，诗人兴会更无前。

随着两位诗人的唱和见诸报端，柳亚子更加名声大振，在中国已经是家喻户晓了。

美丽传说一串串

　　民间传说，反映的往往是现实生活中老百姓的故事，要么表达对美好生活的渴望，要么是对世间丑恶现象进行曲折的鞭挞。关于颐和园的传说，收集起来可以整理成一本书。在颐和园附近溜达，听当地老人絮絮地讲述那些故事，有一种返璞归真的感觉。传说的故事，不管是喜剧、悲剧，或者是闹剧、滑稽剧，都是美丽而诱人的。走进下面一串串美丽的传说，与故事的主人公促膝谈心，希望你也能获得一份美丽。

◎ 生死牌楼

　　东宫门外有一座牌楼，名字叫"涵虚"，造型优美，壮丽气派，是进入颐和园的前导建筑，可民间却传说是"生死牌楼"。

　　据说，这座牌楼是当时北京一位有名的李木匠设计建造的。李木匠小时候就十分聪明，14岁那年拜海淀镇木工老师傅王进学习手艺，王师傅是方圆百里人人都知道的人品好、手艺精的名师。李木匠感到跟随王师傅学艺实在是他的造化，所以不仅勤快好学，而且吃苦耐劳，很受王师傅喜欢。转眼到了第二年，李木匠觉得把王师傅的手艺学得差不多了，就想着另立门户。按说，那时拜师学艺讲究3年才能出师，但王师傅见李木匠学艺开始心不在焉，再挽留他也学不进去，就答应他出师了。

　　李木匠出师后憋足劲要与师傅比个高低，两年间做了不少漂亮的木工活儿，也赢得了一些好名声，但他感到还是与师傅的名气有差距，总想干一件大事来超过师傅。恰巧，慈禧太后要重修颐和园，特别是在东宫门外御道上要建造一座宏大的牌楼。李木匠知道后，心里非常明白像这样的活儿除了他师傅之外，是谁也不敢承揽的。他怕师傅把这件事抢走了，就想方设法托人送礼想揽下这桩活好扬名立万。经过一番激烈竞争，李木匠终于如愿以偿接下了活计。李木匠心想，只要把这件活儿干得漂亮，不仅能赚到一大笔钱，还能证明自己比师傅手艺高强，从此也就能传世留名了。

名师出高徒。李木匠不愧是一代名师的徒弟，不到一年工夫就把牌楼建造好了。在往东宫门御道上竖立的那天，不仅皇差要来验收，当地许多老

涵虚罨秀牌楼

涵虚牌楼即东宫门牌楼。据史料记载，旧时的牌楼两侧还立有栅栏，老百姓是不准随意靠近的。牌楼东南侧原有石碑已不知去向。

百姓也都来瞧个热闹。那天，李木匠还特意把王师傅请了来，说是请师傅给指点指点，其实是想在师傅面前显摆显摆。确实，那牌楼竖立起来后既雄伟又漂亮，特别是牌楼上那黄灿灿的金龙，远远望去就像要飞起来一样，围观的人群赞不绝口，就连来验收的皇差脸上也露出了满意的笑容。面对自己的杰作和人们的赞扬声，李木匠心里美滋滋的，可王师傅在仔细查看一番后，悄悄把徒弟拉到一边说："你修这座牌楼，自己还落下点木材吧？"李木匠虽然感到有点吃惊，但面对师傅还是老实地回答说："现在给官府干活儿，哪有不留点儿私的？""够打一副棺材的？"王师傅毫不客气地说。听了这话，李木匠很不高兴，心想师傅也太不讲情面了，就算我抢了你的活儿，你也不该这么咒我呀！王师傅见李木匠不言声，又说："还有两天工夫，你赶紧回去打好棺材，坐在那儿等死吧！"这时，李木匠再也忍不住了，就说："师傅，您，您也太不讲情面了。"王师傅说："不是我不讲情面，是你犯下了惊驾杀头之罪。"李木匠一听，立即就明白肯定是自己修的牌楼有问题，否则以师傅的人品是不会无缘无故诅咒自己徒弟的。李木匠对着牌楼上下左右看了又看，始终没有看出有什么问题，就连忙跪在师傅面前哭道："师傅，请您一定要救我啊！"

其实，王师傅看到李木匠建造的牌楼确实有些气势，打心眼里为徒弟的进步感到高兴，但当他抬头看到牌楼的高度时，忽然想起自己为慈禧太后建造那辆辇车的高度，心里一计算就明白这牌楼比那辇车低了约5厘米，如此一来，等到慈禧太后车辇过不了这牌楼，岂不是要犯惊驾杀头之罪？王师傅见李木匠态度真诚，就点拨说："你这牌楼矮了半尺，西太后的车辇通不过这牌楼，还不把你满门抄斩！"李木匠一听，当时就吓傻了，苦苦哀求说："师傅可怜徒弟，千万要救我一命！"王师傅说："现在重新建造是来不及了，只有把地铲低半尺这一个办法。"李木匠恍然大悟，按照师傅指点把牌楼底下铲低了半尺，总算躲过了这场灾难。按说，颐和园御道上铺的都是石板，而东宫门外那牌楼底下原先并非石板，后人在改造时才换成石板，以求统一。不过，那处石板却比别处要低一些，人们如果留心是不难看出的。

经过这件事，李木匠再也不敢妄自骄傲，又重新回到王师傅那儿把3年学徒功课补齐后，才算是正式出了师。

◎ 瓮山的来历

颐和园里的万寿山，原先叫瓮山。而原先的瓮山并没有名字，关于瓮山名称的来历，倒有一段美丽的传说。

多年以前，瓮山脚下有一个村庄，庄子里住着好多户人家，有种田的，有打鱼的，有做小生意的，当然也有不劳而获的财主。财主姓吴，单名一个够字，叫吴够，因为他欺压百姓，横行乡里，老百姓背后都叫他"没够"。和财主没够住在同一个村子里的，还有很多朴实善良的农民，当然多数都是没够家的长工或短工，其中有一个叫王老石的老汉，为人忠厚老实，无儿无女，和老伴儿相依为命，人们也送给他一个绰号，叫"王老实"。王老实人缘好，还懂点医药知识，乡亲们只要有人生病找到他，他二话不说就上山去采药。王老实自己有五分地，不够养活自己和老伴儿，靠常年给财主没够家扛长工生活。

王老实住在瓮山的西北，而没够家的田地却在瓮山东南，于是他每天都要顺着山道走向财主没够家的田地，几十年风雨无阻，天天都走这一条道。有一年，王老实过60岁生日，他和老伴儿商量说，自己在那条山路上走了几十年，实在欠那条山路太多，趁自己现在身体还好，打算每天扛活回家时就在山上栽一棵树，为自己和老伴儿死后积些阴德。此后，王老实每天扛活回家时就真的在山坡上种下一棵小松树，一年又一年，转眼6年时间过去了，山坡上已是树木成林。这一天，到了王老实66岁的生日，他高兴地对老伴儿说："今天是我的生日，我们一起到山上种一棵夫妻松，表示纪念。"老伴儿笑了笑说："你

这老头就会穷欢乐，过生日还栽什么夫妻松。"说归说，老伴儿还是高兴地提着水桶，王老实扛起铁锹，俩人一起来到了瓮山东南坡。王老实挥锹开始挖树坑，老伴儿就提着水桶去拎水，当王老实挖了足有二尺多深时，忽然听到"当"的一声响，俩人心里都吓了一跳，还以为挖到石头不能种树了呢。等到王老实又挖了几锹土，才发现原来是一小块石板，掀开石板却发现下面有一个瓷瓮，等打开瓷瓮时俩人都不由大吃一惊，原来瓮里装的全是金银珠宝。王老实想了想，就和老伴儿商量说："这么多的金银珠宝，对我俩就要入土的人也没什么大用，还兴许惹出祸来，不如埋回地下在瓮旁栽下咱们的夫妻松，给乡亲们留下个好念想。"老伴儿点头表示同意，于是俩人又把瓷瓮埋在原处，并在瓮旁栽上了那棵夫妻松。

王老实俩人回家后谁也没说，照样天天到财主没够家去扛活，还是天天从那条山路经过时栽下一棵树，当然多了为那棵夫妻松浇水的活儿。一天，扛活的长工、短工们在一起聊天，财主没够也凑过去想搭讪，一个短工瞧见他凉帽上有一颗闪闪发光的珍珠，就恭维他说："东家，你帽子上这颗珍珠有多重呀？"财主没够扬扬得意地说："这是世上罕见的珍珠，常言说七分为珠，八分为宝嘛。我这珍珠有九分重呢。"大伙儿面面相觑，惊讶得一句话也说不出，唯独王老实"扑哧"一声笑了，说："你这颗珍珠不罕见，我瞧见的比你这大多了！"大伙儿忙问王老实在哪儿见过，王老实就一五一十地说了那天的事，大伙儿都说王老实太老实，老实得有点冒傻气。而财主没够一听，眼珠滴溜一转，咳嗽一声说："你们不要乱说！那是我家祖先埋的'镇山之宝'，现在既然出现了，就要把它取出来，走，你们带上铁锹，王老实带路，跟我把珠宝弄回家。"大伙儿都明知是财主没够在说鬼话，可又惹不起他，只好拿着工具到瓮山去寻宝。财主没够逼着王老实说出埋瓮的地方后，就让大伙儿挖了起来，不一会儿果真挖出了那只瓷瓮。财主没够乐得合不拢嘴，迫不及待地掀开瓮盖，把手伸了进去，先是摸出了一只金丝小鸟，财主没够不死心又继续摸去，只听

"哎呀"一声，等他拔出手来却见手指上钳了一只大蝎子，他抡胳膊甩掉蝎子，第三次把手伸向瓮中，只觉手掌被冰凉软乎的东西缠住，财主没够心中叫苦，陡地拔手出瓮却带出一条花斑蛇来，刹那间，那花斑蛇变化万千把财主没够紧紧缠住，且越缠越紧，使他喘不过气来。财主没够知道自己死期将到，却还恶狠狠地冲着王老实叫嚷道："我要告……告……告"，你字还没说出口就一命呜呼了。

财主没够死了，那瓷瓮里的金银珠宝也没了，王老实又把那个瓷瓮埋在原处，说："留做'镇山之宝'吧。"从此，这座山便叫瓮山了。

◎ 昆明湖的故事

颐和园里昆明湖的名称，是乾隆皇帝给起的，它原先叫瓮山泊。为什么昆明湖又叫瓮山泊？原来，这还有一段与元朝名臣耶律楚材相关的故事。

辽金时，传说瓮山脚下并没有什么湖泊，只是山上有一座庙，庙里有一个老和尚。有一年，成吉思汗带领蒙古骑兵跃马长城，打到了北京郊区，但没有进攻北京城，只是驻扎在北郊海淀一带，整天除了饮酒作乐，就是弯弓打猎。一天，成吉思汗带着文武大臣到西山去打猎，耶律楚材随同一起来到瓮山脚下，面对山顶那座庙宇，耶律楚材似乎想起了什么，就建议成吉思汗到山上一游。成吉思汗在山上见到那庙里的老和尚，想询问关于瓮山的一些故事，不料无论问他什么，他都只回答两个字：耳聋。几句话气得成吉思汗暴跳如雷，他从腰间抽出宝刀就要杀那老和尚，耶律楚材见状急忙劝阻，并暗示成吉思汗说：此僧不可侮。成吉思汗悻悻作罢，而耶律楚材却悄悄派人把瓮山那庙宇监控起来，并交代手下人一定要时刻关注那老和尚的一举一动，然后才和成吉思汗等人在瓮山脚下安营扎寨。

天交三更，成吉思汗与耶律楚材正在聊天，忽然一名士卒跑进帐篷跪奏

说："禀告可汗，庙里那老和尚怀里一直抱着一个小石瓮，嘴里念念有词，还一个劲儿地流眼泪，不知为何？"耶律楚材听了，微微一笑说："你们千万不要惊动他，继续监视，如果有新情况就火速报知！"士卒走后不久，只听一声天崩地裂的巨响，接着眼前金花乱飞，帐外一阵大乱，刚才负责监视那老和尚的士卒又急忙跑来报告说，他刚返回山顶，就见那老和尚怀里死死抱着那个石瓮，跌跌撞撞地出了庙门，众士卒上前阻拦，却被老和尚撞得东倒西歪，众人只好紧跟其后，而那老和尚健步如飞，三步并作两步就跑到悬崖处跳了下去，只听一声巨响霎时就不见了那老和尚的踪影。就在众人纳闷儿之际，山脚下却喷涌而出一股清泉。闻听此言，成吉思汗和耶律楚材急忙来到山脚下观看，

　　果如那士卒所说，原先的平地转眼间变成了汪洋。成吉思汗见状，十分高兴，随即传令在此建造行宫，并把这个湖泊叫瓮山泊。

　　后来，有人根据耶律楚材墓地在昆明湖畔的事实，杜撰说耶律楚材当时心里明白瓮山实际上是一座金山，而那庙里的老和尚是财神转世，怀里抱的石瓮就是稀世珍宝。他原想把石瓮夺来献给成吉思汗，没想到那老和尚却把稀世珍宝全倒在瓮山脚下，变成了滚滚清流。所以，耶律楚材在病危时对当政的乃马真后说："我死之后，请把我埋在瓮山泊旁：一是我喜欢那里的美景，二是满湖的珠宝必须有人日夜看守，让臣死后也为万岁效犬马之劳吧！"后来，乃马真后果然按照耶律楚材的请求把他埋葬在瓮山泊旁，这就是颐和园里的最

乾隆时期的昆明湖（《都畿水利图》局部）

早建筑。

再后来，有人根据瓮山泊在西山脚下便叫它西湖。而乾隆皇帝建造清漪园时，又把西湖改名为昆明湖，并一直沿用至今。

◎ 鲁班修造十七孔桥

昆明湖上的十七孔桥，全长 150 米，东连八方亭，西接南湖岛，就像一道彩虹横卧在碧绿的湖面上，它不仅是颐和园里最大的石拱桥，还是颐和园里少有的绝妙美景。那通体洁白无瑕的汉白玉石栏杆，那活灵活现逼真的石狮子，据查证说有 500 多只，比卢沟桥的狮子还多好几十只哩，这实在是人间罕见的建筑。关于它的建造，传说是木工祖师爷鲁班协助建成的。

乾隆年间，清漪园工程全面铺开，修建十七孔桥是乾隆皇帝十分关注的事。于是，全国各地的能工巧匠会集到十七孔桥建筑工地上，大家积极出谋划策，都想把这项工程做到最好，因为到时乾隆皇帝还要亲自来验收呢。一天，在热火朝天的建筑工地上，大伙儿正干着自己手中的活儿，来了一个蓬头垢面的老头儿，他背着一只破旧的工具箱子，怀里抱着一块石头，一边走还一边吆喝说："卖龙门石啦，一百两银子一块！"工地上的人见他衣着褴褛，脸上积垢连瓦刀都砍不透，就以为他是疯子，谁也没搭理他。老头儿在工地上转悠 3 天后见没人理他，就来到附近六郎庄的一棵大槐树下住下了。每天，那老头儿除了睡觉，就是抢起铁锤叮叮当当地凿他那块龙门石，从不偷懒。有一天，天下起了瓢泼大雨，老头儿可怜兮兮地蹲在树底下躲雨，正好村西的王大爷从那儿路过，见老头儿饥寒交迫的样子，就拉他到自家住下了。

自从那老头儿搬到王大爷家后，衣食不愁，每天吃饱了就叮叮当当地凿他那块龙门石，整整有一年的时间。一年后，那老头儿对王大爷说："今天我要走了，吃了你一年的饭，住了你一年的房，你从没嫌弃要赶我走，我也没有什么报答你的，就把这块石头留给你吧！"王大爷瞅了瞅那块汉白玉龙门石，真诚地说："你也别说什么报答不报答的，为了这块石头你劳累了一年，还是你自己带走吧，我要它也没用。"那老头儿说："别小看这块石头，节骨眼上100两银子还买不到呢！"说完，那老头儿背起工具箱就走了。那老头儿走后，王大爷也没把那块石头当回事，就随手扔在院墙一角，再也没理会它。

不料，就在颐和园里十七孔桥工程快要完工时，因为桥顶正中间缺一块谁也凿不好、砌不上的石头，可急坏了工程的总管大人。这时候，就有人想起了那个卖龙门石的老头儿，提醒总管派人四处去寻找。当总管带领一帮人来到六郎庄王大爷家

十七孔桥旧照

　　此照片拍摄于1860年，英法联军随军记者费利斯·比托拍摄。

时，他一眼就看见墙角那块龙门石，仔细量了量那石头的尺寸，结果是长短薄厚丝毫不差，就像是专门为那十七孔桥打磨的一样。工程总管兴奋得合不拢嘴，连忙对王大爷说："这真是天上神人来助我。你说吧，要多少银子。"王大爷老实地说："那老头儿在我家吃住了一年，你就给一年的饭钱吧！"总管听后，丢下100两银子就把那龙门石运走了。当人们把那块龙门石砌在十七孔桥的龙门缺口处时，大伙儿都惊得目瞪口呆，因为那石头与缺口严丝合缝，不偏不斜，正好把龙门给合上了。

大伙在庆幸工程圆满完工的时候，有个老石匠似乎忽然醒悟过来说："诸位师傅，现在你们该明白了吧，那可是鲁班爷下界救咱们命来了！"从此，鲁班帮助修建十七孔桥的故事便传开了。

◎ 镇水铜牛

到过颐和园的人，谁都不会忘记昆明湖畔那只铜牛，那是乾隆皇帝为他母亲祝寿时修筑的，已经有200多年的历史了。这只常年卧在青白须弥石座上的铜牛，始终支棱着两只尖尖的耳朵，瞪着眼睛望着面前平如明镜的昆明湖。听当地老人说，铜牛之所以一直盯住湖面，是在表达一种渴望。当然，老人说的是一段美丽的传说。

据说，在很久很久以前昆明湖畔有两只铜牛，是一对夫妻牛，谁也不知道是什么年代就有了，反正是为了镇服水患而铸造的。说是有一年夏天，连续几天的狂风暴雨使昆明湖水涨了许多，都快漫出大堤了。而昆明湖东边的六郎庄本来就地势低洼，这一场大雨不仅淹了大片庄稼，就连村里村外也都是沟满塘平，而且家家户户的院子里还有蛤蟆在蹦跶。六郎庄的老百姓急得没办法，就成群结队到龙王庙里去烧香磕头，求龙王爷发发慈悲，别再下雨了。香烧了，头也磕了，那暴雨仍然又下了三天三夜。庄上一位上了年纪的老人建议说，昆明湖边那两只铜牛，听说是祖先留下的镇水之神，求铜牛镇水也许能够顶用。

于是，庄上的人们来到铜牛面前，又是烧香又是磕头，请求铜牛发神威镇住水患。说来也奇怪，不一会儿就见那只公牛眨眨眼睛，扭扭脖子，张开大嘴朝天上"哞哞"地叫了起来。人们见状不解其意，还是那老人见多识广，叫人赶快割些青草喂它，那公牛吃完两捆青草后竟站了起来，走到湖边伸长了脖子"咕咚咕咚"地喝起水来。眨眼间，就见那昆明湖水渐渐往下回落，就在人们欣喜之时，那公牛不知是嫌湖水落得太慢还是什么别的原因，竟然四蹄一抬跳进了湖里。浮在水面上的公牛，开始大口大口地喝着湖水，不一会儿湖水就落到了离

镇水铜牛

镇水铜牛铸造于乾隆二十年（1755年），牛背上刻有乾隆手书《金牛铭》："金写神牛，用镇悠永。……敬兹降祥，乾隆乙亥。"

堤岸有三尺低的地方，突然那只公牛沉到了水底，转眼间便不见了影子。大伙儿正在纳闷儿时，岸边的那只母牛也"哞哞"叫了起来，眼里还流着泪，然后竟也慢慢地站起来向湖边走去，似乎是要往湖里跳。大伙儿见状急忙一齐上前，揪耳朵的揪耳朵，拽尾巴的拽尾巴，想拦住母牛不让它跳湖。忽然，只听到"嘎巴"一声，那母牛的尾巴竟被拽断了，于是那母牛便大叫一声卧在了原先的石座上，支棱着两只耳朵，瞪着两只眼睛，一动不动地盯着公牛沉下去的水面。这时，雨停了，水也退了，乡亲们怕这只镇水的母牛想不开再跳下湖去，就请来一位铜匠铸了一条铜链子把它拴住，并把拽断了的那截牛尾巴重新铆上。如今，那铜牛的尾巴根处还留有铜铆的痕迹。

其实，那铜牛的尾巴是西方侵略者在颐和园抢劫时留下的罪证。不过，铜牛镇服水患的故事还是在当地百姓中间流传开来，其中的缘由自然是不说自明了。

◎ 乐寿堂前"败家石"

在颐和园乐寿堂前的庭院里，有一块大石头叫青芝岫，这个奇怪的名字是当年乾隆皇帝给起的。那么，这块长8米、宽2米、高4米的巨石是如何运到颐和园里来的呢？

相传，这块石头原先在北京房山的深山里。一天，洪武皇帝朱元璋手下的军师刘伯温来到房山，见这块石头非同一般，就想把它运到北京留着修建城墙之用。这天，费了九牛二虎之力终于把石头运到了卢沟桥，一个名叫姚广孝的和尚见如此兴师动众运送一块石头，就说："刘军师运石有功，皇帝一定会加官封爵的！"刘伯温笑笑说："封赏是小事，保证皇家江山稳如磐石，那才是我们臣子应该做的。"姚广孝不屑地说："世间万物生死毁灭是自然的天理，哪有什么永固之说？你刘老道蒙骗皇上，该当何罪？"刘伯温一听，心知理亏，便从此辞官隐居起来，那块石头也就扔在了卢沟桥。后来，有一个爱石成癖的官员叫米万钟，他在自家花园里搜集了许多奇峰怪石，当他发现这块大青石后也十分喜爱，就决心运回自己的花园。可石头太大太重，运送起来很是不便，于是就有人给他出主意说皇家修建陵墓时都是采用沿途筑井，等到冬季用取水修冰道的办法搬运山石，咱们为什么不试一试呢？米万钟觉得很有道理，于是就花钱雇了好多民工，边修路边在路旁每隔一段距离就打一眼水井，等到数九寒冬时提水泼路，真的冻成了一条冰道。不料，冰道修到半道时，米家的财力就消耗殆尽了，只好把它丢弃在路旁。所以，当时人们就把这块大青石叫作"败家石"。

青芝岫

俗称"败家石"，产自房山区，为明朝官员米万钟收集，后被清朝乾隆皇帝看中，运到颐和园中

100多年后，乾隆皇帝到河北易县清西陵为他父亲雍正扫墓，回来时发现了这块巨石，也格外喜爱，就问宠臣和珅说："这块大青石，为何弃置路旁？"宠臣和珅很会揣度乾隆皇帝的心思，就把明朝米万钟运石的故事讲了一遍，不过关于"败家石"的传说却没有告诉乾隆皇帝，反而说："这是一块灵石，它嫌弃到米家是大材小用，就蹲在这儿不走了。"乾隆皇帝一听这山石有灵气，当场和文武官员参拜灵石，还限期要把这块灵石运到清漪园里去。当时，清漪园乐寿堂的正门"水木自亲"已经修好，因为灵石太大只好拆门运进院里。皇太后一听要"破门"而入，就说这灵石是不祥之物，便出面劝阻。皇太后发话，孝顺的乾隆皇帝不愿违拗，但又不甘心把这块灵石扔在门外，就又问宠臣和珅怎么办？宠臣和珅说，这块大青石形似灵芝，一定会给皇家增添瑞气，保佑皇基永固！只有放在皇家御园里才最好，如果弃置荒野倒不吉利了。乾隆皇帝把这番话向皇太后一讲，皇太后也转忧为喜，便让人把大青石运到乐寿堂来。乾隆皇帝心满意足，赐这块石头叫"青芝岫"，并挥笔在正反两面题写了"神瑛""玉秀"四个大字。后来，乾隆皇帝不仅自己写下"青芝之岫含之苍……雨留飞瀑月留光"的诗句，还命令手下大臣们也题字写诗，一并刻在大青石上。

从此，这块青芝岫的石头便誉满天下了。

◎ 佛香阁下娘娘坟

传说，在颐和园中轴线上的主建筑物佛香阁下，有一座元代娘娘坟，那是元世祖忽必烈正宫皇后的葬地。那么，一代英主的皇后为什么会被埋葬在瓮山脚下呢？

据说，这位皇后姓瓮，是一位学问渊博的人，在辅佐忽必烈治理天下时很有见地，深受忽必烈的宠爱和尊敬，当然也赢得了满朝文武和后宫嫔妃们的爱戴。后来，这位皇后得了重病，临终前对忽必烈说："臣妾死后，只望陛下能把我埋葬在丹棱沜北边的那个小山包上。"皇后说的那个小山包，就是今天颐和园里的万寿山，当时那是一片十分荒凉的地方。忽必烈流着眼泪问："爱妃，你为何要葬在那么荒凉的地方呢？"瓮娘娘说："日后自有天子给我看守坟墓。"说完这句话，瓮娘娘就离开了人世。元世祖忽必烈按照瓮娘娘的遗愿，便把她葬在那瓮山。蒙古人的风俗，人埋葬后要踏平地面，不留下任何蛛丝马迹，说是为了防备盗掘。而瓮娘娘的坟却有一个坟头。

昭睿顺圣皇后像

察必（？—1281年），姓弘吉剌，元世祖忽必烈皇后，禀性聪明，有勇有谋，是元世祖的得力助手

数百年后，乾隆皇帝相中瓮山这片山清水秀的地方，就想在这儿建造一座皇家园林。于是，乾隆皇帝征调民夫开凿瓮山泊，取名昆明湖，在瓮山上大兴土木修建行宫，并把瓮山取名万寿山。一天，民工们在万寿山上挖掘地基时，发现了一处全部用三尺见方大石块砌成的地穴，地穴还用厚重的大石门关得严严实实，监工人员慌忙把这事禀告了乾隆皇帝。乾隆皇帝是一个博学的人，当然也是非常迷

信的君主，他到现场看过后，心想："这肯定是瓮娘娘的坟。"瓮娘娘是元世祖的皇后，她的墓穴里肯定埋葬了许多奇珍异宝。于是，乾隆皇帝说这地穴有碍建造行宫，就命令工匠们把石门撬开，可费了九牛二虎之力才撬开门前的一块挡门石。当工匠们把石板翻过来一看，个个吓得面如土色，因为那石板上面写着几个大字：你不动我我不动你。乾隆皇帝一看，也脸色变白，慌忙命令工匠赶快把石门重新砌好。后来，迷信的乾隆皇帝为了镇住瓮娘娘的阴魂，就在坟上修建了这座佛香阁，说是把坟给压住，可以保佑平安。这一来，瓮娘娘的坟不仅没人敢盗掘，还有清朝的统治者派人给看护起来。当然，清朝统治者看护的是自家御园，但无意中倒真的应验了瓮娘娘那句"日后自有天子给我看守坟墓"的话。

其实，这并不是什么很神奇的事，只因有学问的瓮娘娘，还是一个精明的人。她明白瓮山是一块风水宝地，早晚会被皇家看中，所以她说："日后自有天子给我看守坟墓。"至于那石板上类似谶语的话，历史上早有类似的做法，并不是什么神秘的事。当然，这也算作是瓮娘娘的一个小精明罢了。

◎ 矮一寸的谐趣园

谐趣园是颐和园诸多景点中的经典，就像李莲英是慈禧太后众多奴才中最受宠的一个一样。不过，谐趣园却没有像李莲英那样恃宠而骄。就说修建谐趣园这件事吧，李莲英愣是想出了一个搜刮民财的歪招。

传说，承包谐趣园的包工头叫"王头儿"，是一个远近出了名的瓦木匠，从小就跟着父亲学手艺，平常什么难活儿重活儿都难不倒他。可这一次，王头儿心里犯起了嘀咕，因为谐趣园不仅是一种小型的江南园林，里面有山水，有殿堂，有廊阁，还是"皇差"，是慈禧太后钦定的工程。最要命的是，李莲英当工程总监，最后要由他决定工程是否合格，弄不好那可是掉脑袋的事。

李莲英的刁钻刻薄，王头儿是早就听说并领教过的。可奇怪的是，自从谐趣园开工以来，工程总管李莲英却一直没露面。这闹得王头儿和他手下一班人的心里都七上八下的。眼看就剩下一些收尾的活儿了，这时李莲英才来。面对挺胸叠肚的李莲英，王头儿满脸堆笑地出来迎接，又是点头哈腰、磕头作揖，又是好话连篇、百般恭维，为的只是让李莲英千万别挑刺。不哼不哈的李莲英一直没有说话，只管东瞅瞅、西瞧瞧，大约走了一圈才转过身，对王头儿皮笑肉不笑地说："王头儿，恭喜你了，啊——"就这么一句话，说得王头儿心里直打怵，忙说："总管，您恭喜我什么呀？""恭喜你发财呀！"李莲英阴阳怪气地说。王头儿一听更傻了："发、发财……""是啊，偷工减料，还能不发财？"听了这话，王头儿"扑通"一声就跪下了，连忙磕头求饶说："大总管，小的干了这么多年的活儿，从没坑害过谁，这回老佛爷恩典，大总管赏脸，我有机会给皇家效力，还敢干这事吗？求总管一定要开恩啊。""你不敢？告诉你，我眼里可不揉沙子，这园子的亭台水榭、殿堂楼阁为什么都矮了一寸？"说着，李莲英又冷笑一声说，"王头儿，是老佛爷给的料不够啊？还是怎么着？"王头儿又连忙磕头说："不，不……大总管，求您手下留情，再宽限几天，我们一定想办法把矮的那一寸全给补上。"李莲英眼珠转了转说："好！我就给你3天时间，如果长不上这一寸，你们谁也跑不了！"说完，他扬扬得意地走了。

王头儿和工匠们的心里都很明白，李莲英这是成心找碴儿。没办法，李莲英一走大伙儿就凑在一起商量起来，怎样才能避免这场灾祸。最后，王头儿说："李莲英既然是专门来挑刺的，他肯定是想捞点什么，我们大伙儿都没钱，只会这么点手艺，我听说他在海淀有两处房子，其中一处就在南大街，那房子的门窗都已经旧了，咱们给它翻翻新也许能顶过去，只是大伙儿得掏点钱，不然那材料是不够的。"大伙儿一听都说，破点财能免了这场灾难，总比掉了脑袋强。于是，大伙儿每人凑了点银子买来装修房屋的材料，整整忙活了3天，

终于把李莲英的住所重新油漆彩画，整修一新，简直成了一处精美的小园林。

果然，李莲英3天后又来到谐趣园时，再也没提起所有殿堂都矮了一寸的事。王头儿和大伙儿也都长吁了一口气。

◎ 铜亭夜话

颐和园佛香阁的西边有一座宝云阁，因为梁柱椽瓦都是用铜铸造的，所以又叫铜亭。坐落在汉白玉须弥石雕座上的铜亭，虽然是乾隆皇帝派人铸造而成，但民间却传说是慈禧太后建造的，还是搜刮老百姓的钱财建造的。

1860年英法联军火烧圆明园时，颐和园也遭到了洗劫，许多文物和古建筑被抢劫和毁坏，而坚固的铜亭是园内保存下来的仅有的几处建筑之一，实在是一种幸运。后来，慈禧太后挪用海军经费要重新修整颐和园，铸造铜亭就是其中的一项工程，可当时由于经费严重不足，铸造铜亭一时成了难题。善于献媚的总管太监李莲英就出主意说，可以在颐和园的东宫门外放9口大缸，要求凡是出入东宫门或路过大缸的人，不论是官员、士兵还是老百姓都得往缸里投放一枚铜钱，当然放得越多就表示对朝廷越忠诚。慈禧太后懿旨一下，可苦了当地的老百姓，因为他们几乎每天都要经过东宫门口，有人不得已经过时只好往缸里投放一枚铜钱，实在没钱的就只能多绕几里路。而那些喜欢溜须拍马的满汉官员则不同，他们认为这是一个讨好慈禧太后的好机会，就有事没事都往颐和园跑，为的是往那大缸里多放些铜钱，以表示对慈禧太后的忠心。果然，时隔不久那9口大缸便装满了铜钱，李莲英带人用秤一量，竟有40万斤，足够铸造铜亭的了，便急忙向慈禧太后报喜去了。

不过，在铸造铜亭时又出现了麻烦，那四角的柱子一竖起就倒下，反复多次都没有成功。于是，有人把这奇怪的事报告给了慈禧太后，慈禧太后很迷信，认为一定是有什么鬼怪在捣乱，就请了一名风水先生来到铸造铜亭的工地上。那风水先生闭着眼睛瞎念叨一阵，便说必须用两对童男童女做祭品，埋在四角铜柱的底下才管用。心狠手辣的慈禧太后就下令让人在海淀抓了4个孩子，在铜亭的工地上请老和尚念了几天经，便把孩子的肚子里灌满了水银，然后埋在四角铜柱下。铜亭建造好后，慈禧太后兴致勃勃地来参观，虽然整个建筑都是用铜铸造而成，却与木结构的完全一样，真称得上是鬼斧神工。可当慈禧太后一走近那铜亭，她就感到精神恍惚，隐隐约约还能听到有孩子的哭喊声，搅得她头晕目眩。迷信的慈禧太后认为，一定是那4个孩子的冤魂在向她哭诉，从此她再也没有到铜亭去过。后来，慈禧太后还让人在铜亭的北边修了一尊佛像，每逢初一和十五，她

宝云阁

宝云阁通高7.55米，重约207吨，坐落在汉白玉须弥座上

就让喇嘛在铜亭里念经，说是要超度那4个孩子的灵魂。

如今，念经的喇嘛已经不知去了哪里，留下的铜亭倒成了人们赞叹的建筑杰作。

◎ "董老抓"与大戏台

北京西郊中坞村有很多瓦匠，个个身手不凡，而且只要工程一完工，任何建筑商都会首先给中坞村的瓦匠发工钱，工钱也比别处工人要高得多。传说，之所以这样，是因为以前有个叫"董老抓"的老汉从慈禧太后那儿给争来的。

"董老抓"的绰号是因为他的手艺而得来的，据说他干活儿时左手拿砖，右手抓灰，砌砖不用吊线，垒墙就像刀裁一样齐整，所以人称"董老抓"。有一年，慈禧太后在原先的听鹂馆里看戏，一时心血来潮嫌这里的戏台太小，不够宽阔气派，演起关于鬼神的戏来还受到许多限制，不能演得形象逼真，就琢磨着修一个大点的戏台。慈禧太后的奢侈是人尽皆知的，她要修的这座戏台也定要是全国最大的，建筑也要是全国最漂亮的，而且还得能演神鬼戏，小鬼能从地府里钻出来，神仙能从天庭里降下。面对这样的工程，宫廷样式房的工匠们可犯了愁，因为一连画了许多图样都没能让慈禧太后满意。于是，一张醒目的皇榜贴在了北京街头，皇榜上写得非常明白，只要能按要求完工就一定重重赏赐。

皇榜一贴出来，北京的营造商们就议论开了，可是谁也不敢轻易去揭皇榜，因为不仅工程要求标准高、设计精，而且是皇家的活儿，一旦有个差错，那就是赚钱不要命的活儿。所以，一连几天只有人观望，却没人敢揭榜。消息传到琉璃厂的李掌柜那里，他二话没说上前就揭了榜。有人议论说，为什么李掌柜有这么大的胆呢？原来，李掌柜承包宫廷建筑工程有许多年头，有丰富的承包经验，他手下还有两个能工巧匠，一个就是刚才说到的住在京西那位整天披着破棉袄的"董老抓"，另一个则是京东的瓦匠，浑身穿着一套白色的衣衫，干活儿时使用一把特制铜瓦刀，砌砖、抹灰干净利索，浑身绝对不会溅上一个泥点，人称"铜瓦刀"。就凭这两人，多年来李掌柜自己都不知道承建了多少工程，也不知道赚了多少钱！

李掌柜揭了皇榜后，在董老抓和铜瓦刀的帮助下，没用几天就画好图纸在慈禧太后那儿获得了通过。于是，李掌柜让董老抓和铜瓦刀各自分工，首先垒砌德和园的围墙，然后再一同协力建造大戏台。不料，开工那天是先砌德和园的大门，铜瓦刀一心想和董老抓比试一番，所以提前赶到工地率领手下人干了起来。等到董老抓披着破棉袄来到工地时，看到铜瓦刀已经垒砌了好几层的砖，他心里明白这是要和自己比个高低。董老抓一声不吭地蹲在旁边抽起烟来，也不管手下人那着急催促的模样，一连三锅烟抽完，这时的铜瓦刀已经砌完了十来层的砖。董老抓不慌不忙地在鞋底上磕了磕烟袋锅儿，说："你们甭急，今天我露一手非气死铜瓦刀不可！"于是，董老抓既不拉绳，也不吊线，一手抓灰，一手垒砖，眨眼工夫就砌起了十几层砖。铜瓦刀见董老抓追了上来，就显得有点手忙脚乱，一会儿用小铜锤吊吊线，一会儿用铜瓦刀磕磕边，脸上的汗珠子"吧嗒吧嗒"往下掉。当两人同时砌完围墙时，铜瓦刀顿时羞得满脸通红，因为董老抓砌的墙是笔直的一条线，而自己砌的墙却上下错出去一指多宽。出了丑的铜瓦刀感到很难堪，一气之下回了京东老家。德和园围墙修好后，因为修建大戏台是木工活儿，而董老抓是个瓦匠没什么大事，就也请假回到京西中坞村去了。

回到京西的董老抓却没有闲着，他一直在琢磨那大戏台的构造，总感觉有什么地方不对劲儿。果然，修建大戏台的木匠头儿带人把第一层修好后，台上那18根柱子的位置总是摆放不好，不是这根柱子挡了视线，就是那根柱子妨碍演员上下场。木匠头儿急得团团转，李掌柜一时也傻了眼，如果大戏台修不成，别说得什么重赏，恐怕连脑袋也要搬家。就在大伙一筹莫展的时候，董老

德和园戏楼烫样

　　"样式雷"制作，
故宫博物院藏。

　　抓兴冲冲地赶到了工地，怀里还抱着用秫秸杆扎成的大戏台模型。照着董老抓的模型大戏台终于建成了，慈禧太后看了也非常满意。

　　后来，当慈禧太后听说这大戏台是按照董老抓用秫秸杆扎成的模型建成的，就高兴地召见了董老抓，并问他想要什么赏赐。董老抓想起家乡有很多工匠在颐和园干活儿，可一年到头却很少领到工钱，就壮着胆子说："求老佛爷开恩，今后我家乡的瓦匠在皇家园林干活儿时，能不能发给头一份工钱？"也许是那天赶上慈禧太后心情好，她当场就降旨准许了董老抓的要求。

　　从此，北京西郊中坞村的工匠们世代享受着这一"皇恩"。

古今怡园隐忧思

　　中华大地，不用任何人工雕饰就是锦绣河山。像颐和园这样的经典园林，更是美不胜收的胜地绝景，何况它与皇家早就有着道不尽的渊源，并在数百年前就已声名远播了呢。于是，每当人们面对它的时候，不由得会怀想它的过去，展望它的将来。

　　颐和园与皇家的渊源，可以追溯到金贞元元年（1153年），那时它是金王朝建造的帝王行宫，名叫金山行宫。金章宗年间，因为把玉泉山的诸多泉水引入园中，又取名金水池，也就是今天昆明湖的前身。既然是皇家领地，其周边的景致自然也是好山好水，于是到明朝时被直接更名为"好山园"。

　　这么一处好山水，自然不能没有神话故事或美妙传说来衬托和诠释，否则不足以应验"山不在高，有仙则名；水不在深，有龙则灵"的古语。确实，关于颐和园的传说可谓俯拾皆是，这在前面章节中已有专门文字记述，在此不赘。当然，把金朝时的金山改称为瓮山，则是元朝时候的事。金山被改了名，金水池也不例外。1262年和1290年，元世祖忽必烈先后两次命都水监郭守敬对玉泉山进行改造，不仅把泉水一直引到瓮山脚下，把金水池疏浚扩展成一个大水库，还先后两次把金水池分别改名为瓮山泊和西湖。经过元朝大规模的改造，瓮山和瓮山泊在当时已经是著名的风景名胜区了。

　　到了明王朝时，明孝宗为了给他乳母助圣夫人祈求福禄，在瓮山上建造了一座圆静寺。后来，明宣宗又修建了望湖亭，专门用来观望欣赏西湖的景色。再后来，喜欢游山玩水的明武宗又在这里建造了好山园行宫，经常来这里垂钓和狩猎，把好端端一处清幽园林变成了寻欢作乐的游园。

　　清朝定鼎中原后，特别是附庸风雅的乾隆皇帝到江南巡游之后，就不再满足于北京原有的园林和宫殿建筑了。于是，他派人到江南把几乎所有他心仪的园林都临摹画成图纸带回北京，然后开始大规模地仿造。历史上在北京周围营建的多处园林被统称为"三山五园"，万寿山下的清漪园就是其中之一。在建园过程中，乾隆皇帝把原先明朝的圆静寺改建为大报恩延寿寺，将瓮山园也改称为清漪园，前后共用了15年的时间，耗费白银480多万两。耗费如此巨大来建造清漪园，乾隆皇帝自然是十分关注这一工程，许多事情都是由他亲自过问并决定的。这位附庸风雅的风流皇帝，也确实对园林的建造设计和景致布局有独到见解，毕竟他对江南那诸多名园是颇有心得的。为了把清漪园建造成为一流的皇家园林，他不仅要求其继承皇家园林和古典园林的艺术成就，还要吸收江南园林的艺术精华。果然，清漪园建造成功后既具有皇家园林的雍容华贵，又兼有江南水乡的清秀典雅，这从今天颐和园的美妙景致中不难看出。

　　然而，在清漪园建成后不到百年的时间，就遭遇了一场空前浩劫，那是咸丰十年（1860年）时的事。当时，万寿山上的寺庙殿宇和后山后湖的许多建筑被烧光，就连美丽的昆明湖也变得污浊不堪。面对祖先留下的一处皇家怡园遭到毁坏，慈禧太后不惜挪用海军经费进行修复，并改清漪园为颐和园。可40年后当八国联军侵入北京时，颐和园再一次遭到洗劫和焚烧。于是，钟情颐和园的慈禧太后又不惜向国外借贷巨款对它进行再次修复。慈禧太后之所以如此热衷修建颐和园，是因为她要在此"颐养冲和"。确实，已经在权力旋涡中起伏跌宕多年的她，也许真的渴望有一片属于自己的清净休养地了。于是，自从颐和园第二次修复后她便大部分时间都居住在这里，但避暑、游乐、做寿等活动毕竟不是她生活的重点，因为她是一个政治女人，她的生命早在几十年前就"嫁"给了权力。由此，颐和园也就成了她从事政治活动的一处夏宫。

　　告别慈禧太后时代的颐和园，曾经一度被隆裕皇太后下令关闭了。后来，辛亥革命成功时它又成了末代皇帝溥仪的私人资产，由皇室人员对外售票开放，只是那时票价昂贵，鲜少有人能够一睹这座皇家名园。

1949年3月25日，颐和园迎来了一代伟人毛泽东。那晚，毛泽东在颐和园万寿山上的益寿堂里，设宴招待聚集在北平的爱国民主人士代表，第二天又与著名诗人柳亚子在益寿堂作诗唱和，那首著名的《和柳亚子先生》的诗篇就是那时所作。记得毛泽东在诗中有这么两句："莫道昆明池水浅，观鱼胜过富春江。"这绝非乾隆皇帝那大量记事赋景诗作所可比，因为伟人毛泽东已经对昆明湖赋予了极为深远的含义。

几个月后，当毛泽东在天安门城楼上向世人宣告中华人民共和国成立的时候，颐和园也迎来了新生。因为中央人民政府不仅投巨资对颐和园进行修缮，

颐和园万寿山

此照片拍摄于1900年，慈禧太后已带着光绪帝西逃，偌大的万寿山前只有留下打理的太监。

使其面貌焕然一新，还向普通民众敞开大门，使它真正成了人民的公园。为了保护好这处珍贵的文化遗产，中国政府逐年拨巨款维护修缮这座古老园林。1951年首先整修了昆明湖岸的石造雕栏，接着又修缮了万寿山中心建筑佛香阁，不久玉澜堂、听鹂馆、排云殿和涵虚堂等也被修葺一新。中华人民共和国成立10周年时，中国政府又一次对颐和园进行了大规模修整，美丽的长廊重现昔日容光，满目疮痍的万寿山得到重新美化和清理，浑浊的昆明湖被彻底疏浚，小巧的谐趣园恢复了秀丽的风韵，景福阁、写秋轩、云松巢、南湖岛、石舫等建筑，都重新绽放出往日的光彩。再后来，四大部洲、苏州街、绘芳堂、嘉荫轩、景明楼、澹宁堂等多组当年慈禧太后无力修复的建筑，也都再现了乾隆时期皇家园林那金碧宏丽、典雅辉煌的景观布局。

颐和园是古老的，又是年轻的。她，既蕴含着祖国山河的自然胜境，又体现了中国人民的非凡智慧和创造才能。她，既经历了早期的悠闲、乾隆盛世的荣耀和晚清那百余年的屈辱，又迎来了今天的新辉煌。为了妥善保护好这处有着"博物馆公园"之称的皇家园林，1961年3月中国国务院把颐和园列入首批全国重点文物保护单位，受到中国人民的重视和有效保护。1998年，颐和园申报世界文化遗产喜获成功，作为珍贵的历史文化遗存，它将受到世界人民的珍视和保护。对于颐和园今日的美丽，文化巨匠郭沫若曾有诗赞道：

海军不建建颐和，今日新妆足更多。

锦绣湖山诗画境，工农岁月太平歌。

百花齐放春常在，万木争荣水不波。

地上乐园留客展，楼台登罢弄轻舸。

不过，人们从郭老的诗作中对颐和园的美丽也许还不能直观地了解，那么从今天年游客量达1000万人次这个数字来说，人们是否会有所感悟呢？